_____ 님께

본 작품을 읽으시는 당신께 오늘도 행복한 하루
가 되길 기원해 드립니다.

20 년 월 일

著者 柏松 우 명 환

柏松 우 명 환 時調 모음集 5
시조에 수필에 머물면

삼사구사에 담긴 소망

三死救赦

3494

이 도서의 국립중앙도서관 출판시도서목록(CIP)은 서지정보
유통지원시스템 홈페이지(http,//seoji.nl.go.kr)와 국가자료공동목
록시스템(http,//www.nl.go.kr/kolisnet)에서 이용하실 수 있습니다.

柏松 우 명 환 時調 모음集 5

시조에 수필에 머물면

삼사구사에 담긴 소망

三死救赦

3494

글 싣는 순서

序 詩

별난 초대

새해에 전화인사 주고받는 덕담중에
조카들이 궁금한지 내나이를 확인하네
내미처 무심했구먼 그속뜻을 알았다네

때마침 금년해가 두 번맞는 五年次에
작품집을 내놔야할 평생계획 닿는해네
무심코 받은 전화에 이래저래 잘되었네

나이가 들어가니 조카들이 자식일네
사노라면 애경사가 만나는場 이어주나
내죽어 찾아온단들 내모르니 어찌한다

하여서 형제사촌 조카들만 보자하네
오늘하루 마련하니 앞당기듯 올수없나
姪女는 밖의 짝들을 대동하여 올일이다

1부 記錄을 하노니

나이야가라 폭포 (Niagara Falls) — (Wed. sep 10,'10)

어찌 사람아,
감히 여기가 어디라고 범접하느냐
仙女들이 下降하여 찰나를 뚫고 내리는 곳
하여서 투명한 알몸의 순간도 볼수 없는 곳
끝도 없는 바닥에 功들이던 이무기가 감쌀양이면
怪奇한 색색의 粉水로 승천하는 仙體를 어찌 바라보랴
썩고 오염 투성인 쓰레기 같은 사람아,
어찌 감히 선녀 목욕을 훔쳐보려 했더냐

내 이르노니,
눈을 똑바로 떠 그 장면 볼려는 자체가 불순하고 不敬함이니
犯接키 당치 않으니라, 굳이
그리고 싶거든, 半經을 정해놓고
투명 유리벽으로 사방을 두르고서 그리 하라
어쩔수 없는 최소한의 갖출 예의이니
그러면 혹 받아들여질지도 모를 일이다
그러면 경외심과 두려워하는 마음이 있다 여길지 모르겠다

그리고 나서도 "나이야 가라"하고 외쳐대지 마라

그냥"선녀하강 폭포"라 해야 한다
아—니
"나이야 가라" 하고 외치고 싶거든
너 사람아,
마음을 먼저 맑게 가져라
근접하기 전에 그 숫자를 날려 버려라
그래야 너희는 참 순한 사람이 될리라
그래야 너희는 선녀가 하강하는 境地에 머물리라

너 사람아,
여기는 너희가 淨心淨慾하고
참회해야 할 신성한 곳이다
나이야 가라는 영원히 사라져라!
May the ages disappear forever!
선녀하강 폭포여 영원하라
May the Angels Falls be forever!

Dear my Daddy.

안녕? 아빠?!!

내가 아빠 떨지 읽으면서,,, 아빠가 안 그래도 기내에서 그럴거라
생각했었어... 역시! 뭘 눈물을 짜고... 차라리, 내가 떨 적이 됐으면 (?)
아빠가 울 일이 없어졌을 텐데 〜〜 ₩!

아빠! 걱정아! 나 잘 지내고 있어!
사실, 아빠 땅아 돌아가고 나서도, 나도 일주일 동안은 엄〜 하고 가슴도
텅— 빈거 같았어... 공항에서 엄마·아빠 배웅하고 돌아오는 내−나,
집 에 와서도 한−동안 그랬지... 아빠가 우리집. 하나 방에서 매일 글 쓰고
버린, 쪽지 들도, 내가 쓰레기통에서 다−꺼내서 깨끗! 여전 내
일기장에 하나하나 다 붙였어. 버리기 싫더라고 ... 아빠 같아서 —
아빠가 엄마 그럴때 좀 1적씩 놓고 가서 쪽이 서로 다른 1켤레가 됐잖지.
그것도 간간히, 내 옷서랍 한쪽에 잘 —보관데어 있지 ... ₩!

아빠가 여기서 돌아(한국으로 (come back) 하고 나서, 당이 돌라간다는
소리에 너무 놀랐어!
엄마가 그때 하는데, 얼마나 놀랬는지 ... 내 땀에는 신경쓴다고 한 거들이
아빠 한테 '독'이 됐으니 ...
아빠 건강 잘 챙겨야 해 —! 그리고, 아빠! 아빠가 캐나다에서
살수있다고 나 한테 한말 — 미안해 할 덜 없어있어야 . ₩!
당연하지! 엄마·아빠의 터전을 두고 어떻게 캐나다에서 살아 −?!!
그 질문은 내가, 그냥 엄마·아빠랑 같이 있는게 좋으니까, 울었던 거야.
₩! 사실 —. 나도 한국 가서 살고 싶은 마음은 굴뚝이지만, 지금은, 이제는
캐나다가 내가 살아가야 할 곳 이라 여겨져. 정말 ...
아이들도. 여기가 당연히 점점 더 편할지! 나나 Parviz도 여기서
자리잡아가고, 한걸음 한걸음씩, 위로 올라가려 하는데, 어떻게
한국에서 살겠어 — 이젠, 좋으나 싫으나, 여기서 뿌리를 묻을거야!
이렇게 남의 나라까지 와서 살게 됐는데! 잘 살아야지! 그치?!! ₩!

그러니, 엄마·아빠도 건강하게 오래오래 살아줘야 해!

나 한테 빛이 되 줘야해!

아빠. 엄마는 언제도 나 한테 빛 이야!

물론, 내가 엄마 · 아빠 한테 빛이 되어주면 더 할 나위 없이
좋겠지… 하지만, 엄마 · 아빠가 나 에게 빛이 되어줘서
내가 열심히 잘산면, 그 모습이 엄마 · 아빠에게 빛이 되리라 믿어!
맞지. 아빠?!! !! 빛이 별건가? 아빠 · 엄마 아프지 말고 오래 살아
주는게 빛 이야!

아빠! 아빠 · 엄마. 한국으로 간 이후로, 가끔, PERU랑 비교해가며 한숨이
있어! 근데. 그럴때 마다, 서로 말은 안 하지만, 아빠 · 엄마랑 우리가 같이었던
시간들을 생각하며 서로 줄고있지―. 사실, 엄마 · 아빠 안 계시는 동안, 너무도
많이 겁둥 해지만, 엄마 · 아빠가 여기 안 준게 나 한테, 우리 가족에게겐
근― 변동이었어! 많이 바꿨거든. 혜림이도. PERU도. 나도.
그래서 엄마 · 아빠한테 감사드려! !! "감사해요~o" !!.
(하지만. 많이 많이 겁둥해~ 더 좋게 해 드리지 못해서―).
다음에, 우리가 한국, 가면, 많이 기쁘게 해 드릴게. ~ !!
우리가 3년, 4년 뒤에 갈텐데가, 건강해야 해. 알겠지 아빠?
다른 생각 해면서 엄마 · 아빠 아픈데도 또 아건거고 병원 안 가고 그러지마!
그게다 나 람 PERU고 힘들게 하는거야! 아프면 빨리 병원 부터 가야해!
한국은 우리가 알아서 가니까! 알겠지! 아빠!

그리고, 아빠! 마지막 으로 내가 엄마 · 아빠 한테 바라는게 있어!
아빠! 엄마, 많이 챙겨줘! 엄마는 아빠의 보호가 필요한 아내 (여자)잖아!
아빠가 엄마를 챙겨주면, 엄마도 아빠 챙겨주지. 아빠 당 울겠은 때도 엄마가
걱정 많이 했어!
하나님이 이브를 아담 갈비뼈에서 빼서, 만든건 여자가, 남자가 보호해 줘야
하기 때문이께. 누가 그러더라. 근데, 맞는 말이야. 그치?!
여자들이 강한수 있는건, 나의 바랑막이가 되어주는, 항상 든든한
남편이 옆에 늘 함께 하기 때문이야. 그래서 강한 엄마도 되는거 같고―
아빠, 엄마도 아빠도 점점 늙어가는데, 누가 아빠를 따뜻하게 챙겨주고,
누가 엄마를 따뜻하게 챙겨줘야 할까? 서로, 아빠, 엄마가 챙겨주고
더 이해해줘 야지. 하지만, 그래도 아빠가 남자니까, 엄마를 먼저

아빠가 챙겨줘~ 그럼, 엄마도 아빠한테 천천히 고마움을 느낄거야.

나도 Papa로 말 한마디, 행동하나에 속상하고 안 해주고 분운데. 그러다가도 아빠, 엄마 생각해서 참고 그래~ 또 그런 아빠의 모습을 우리한테 보여줘야, Papa로가 멋지게 크면, "야! 우리 아빠는 엄마한테 ~~ "했다! 하고 흠뻑 치지. ㅎㅎ

아빠! 나도 아빠가 자랑스러워! 원지 알아?! 이 세상에, 숙녀, 손자들을 위해 책을 낸 할아버지는 많지 않거든, 하지만, 아빠는 내 아이들이 태어났을때, 항상 그 아이들의 탄생을 축하하는 글을 책 속에 남겼잖아!

해건이도, 하나도, 나중에 크면, 거울이 까지 이 아이들은 할아버지가 자랑스럽고 감사할꺼야. ♥♥ 그리고 자기들의 할아버지가 멋진 할아버지 임을 알꺼야! ♪. 나도 내 아빠가 멋지니까!

아빠! 우리 다시 만날때 까지 건강하고, 아프지 말아야해! 엄마하고도 서로 챙겨주고! 알겠죠?!! ♪.

그럼, 다음에 또 쓸께 ~! 사랑해 아빠 ~!

아빠를 사랑하는 안나가 ~!

2014. 10. 22.

안나 올림.

아빠가 보내는 말 (Sat. Sep 20,'14)

고맙다, 안나야!

네 편지의 말이 더 있나 하면서 다음 장을 찾았단다. 하면서 보니 더는 없구나. 석 장을 읽었는데도!

네 말을 더 듣고, 읽고 보고 싶은 마음이어서 그랬던 거지.

나의 딸 안나야!

내가 이번에 너를 보러 Canada에 간 것이 너무 잘했다고 생각한다.

너의 집에 머물면서 둘째 날에 일어난 돌발사건(?)도 잘 일어난 거라 생각해. 비록 parviz가 의도적으로 했다 해도 그 일은 너무나 큰 은총이였음을 네 집을 떠나기 직전, 그러니까 전날에 알았어.

생각해 봐라.

그 일이 터지지 않고 좋은 모습만 보이려고 했다면 19일 낮(떠나기 전 날 금요일의 점심때)에 나눴던 사심 없고 기탄없이 정 있는 이야기를 나눌 수 없었겠지.

그리고 해린이가 속 썩였던 행동(?)들도 역시 이번의 우리 방문이 녀석을 변화시키는 계기가 됐을 것으로 확신한다.

왜냐면 우리가 녀석을 걱정하는 좋은 말들을 들려주었으니까.

역시 이번 기회가 없었으면 녀석이 언제 할아버지, 할머니로 부터 좋은 말을 들을 수 있었겠니?

안나야

이렇듯이 사건은 언제나 일어나는 법이거늘 그럴 때마다 내편의 좋은 쪽으로 받아들여라, 긍정적으로 말이야. 그렇게 하는 것이 우리 신앙인의 자세야. 때문에 언짢고, 슬프고 괴로워도 우리 신앙인은 늘 기쁘게 받아들이고 매사에 감사히 여긴다는 거야. 나는 이를 우리가 하는 말 "꿈보다 해몽이야"라 말하지.

나는 이번에 네가 너무나 기특하며 자랑스럽고 너를 믿게 됐어!

그것은 너에 대해서는 걱정을 안 해도 괜찮다는 뜻이야. 왜냐면 네가 그렇게 성장했으니까

그 수많은 시련을 격어 오면서 잘 이겨낸 결과이지. 비록 체구는 크지 않아도, 너의 정신적 삶의 지혜로움은 이 세상 네 또래의 어느 엄마들이 너를 따를 수 있겠니?

이제 부터는 뭐니 뭐니 해도 너의 가정에 좋은 일만 생길 것으로 확신한다. 하지만 너는 너대로 계속 정진해라; 영어·학습…, 특히 좋은 친구 사귀기와 관계 지속 등.

아빠가 강조한 것 기억하지? parviz에게도 강조한말 "Be dignified. Dignify yourself!" 당당하게 살아가기를 바란다 해서 "堂身"이라는 말을 parviz에게 자구자주 해주럼. 그 말이 그를 용기 있게, 당차게 삶을 적극적으로 이끌 거든.

안나야!

사실 오늘 아빠가 떠나면서 걱정한 것 중에 '너에게 눈물을 보이면 어쩌나?'였는데, 어찌된 일인지 공항에서 멀쩡했잖아?!

사실 아침에 해린이 방에 가 편지를 전해 줄때에 아빠는 울었거든.

울음이 북받치는데 어쩔 도리가 없잖아! 아마 해린이 속으로는 '할아버지가 왜 저러실까?'했을 거야. 공항에서 나올 울음을 이때 다 뺐나 봐.

기내에서 생각하니 공항에서는 아무래도 긴장이 되어 그랬나 봐. 사실 parviz가 모든 수속을 다 해주어 편했는데도 말이야. 이점 parivz에게 "수고했다, 고맙다" 하더라고 전해라.

그런데 지금 네 편지를 읽으면서 바로 뒷장 여백에 이렇게 내 맘을 쓰고 있으면서는 눈물을 글썽이고 있구나.

우리 안나야! 아빠가 미안하게 생각하는 게 있구나.

"아빠 엄마가 이곳에서 살자고 하면 살 수 있겠어?"라고 물었을 때, 아빠는 거침없이 직선적으로 "못하겠지"했을 때이다.

혹여 그 소리에 Canada가 싫어서라기보다는 저 사는 모습을 '옆에서 보기가 힘들어 그렇게 대답하는 게 아닐까?'하는 생각을 네가 했을까 봐서야.

하지만 안나야, 그게 아냐!

아빠 엄마는 사람을 사귀는 시기가 아니고, 사귄 친구와 유대관계를 지속해야 하는 시기임을 네가 이해해줘

이제 아빠 엄마가 Canada에 와서 새 친구를 사귀면서 지낼 때는 아니지 않아?

오히려 네가 한국에 오면 네가 편히 지내게 하고 또 너희를 자랑으로 여기는 것이 우리의 즐거움이 아니겠니?

아빠는 94세 까지만 살기를 바란다고 글에 썼잖아?

(물론 주님께서 들어 주셔야 할 일이지만)

우리 사랑하는 그리고 듬직한 안나야!

그만 줄이겠다, 만날 때까지 건강해다오.

건강이 재산이다. 재산을 지키는 뜻에서라도 건강해야 한다. 건강
한 자가 승리한 자다.

기내에서 잠시 떠오른 영상을 이렇게 적어본다.

機內에서 읽는편지 父女間의 사랑이니

자랑스런 너의얼굴 映像이듯 스쳐간다

애비의 간절한맘은 네맘과도 같으리다

사랑하는 아빠 엄마가

돌아오는 기내에서

2014.09.20.

P.S I love you deeply with heart!!

    Give my regards to Wattson, Rosa and Julio!!

北韓의 必然 (Mon. Nov 30,'15)

오천년 檀君歷史 백두命脈 잇는중에
金氏一家 三代세습 天人共怒 할일이라
悠久한 흐름속에서 점으로도 안남을걸

鄕民은 굶는데도 사또일행 잔치중에
암행어사 출도하니 줄행랑에 破興이라
核개발 그리해봤자 온나라가 안받는걸

짐승을 安樂死해 美化해도 不便커늘
고모부를 放射器로 시신조차 없애다니*
恐怖의 통치代價를 받으리니 명심하라

억지의 자격지심 自尊心도 좋다마는
무슨말로 변명되리 脫北民이 늘어나니
이쯤해 和解交流로 南北相生 꾀하여라

*집권 다음 해에 김정은은 공포 정치의 성공을 위해 제 2인 자인 실세 장성택을 고
속 기관포로 공개 처형한 사실을 이렇게 바꿔 표현한 것임.

<농민문학 75 겨울호> 통권(98)권

감나무 뽑히던 날 (Tue. Apr 26,'16)

十七年 키운나무 감나무가 뽑히다니
나의일감 꿈나무가 속절없이 짓밟히네
한마디 相議도없는 막무가네 벼락맞네

가지가 부러지어 받쳐주고 매어주니
사과같은 붉은감을 부럽잖게 따내었네
이제는 어쩔수없이 하릴없는 處地됐네

퇴비에 석회토를 온밭에다 뿌렸으니
튼실하게 열매맺는 수확때를 期待했네
일껏내 功들여한일 헛수고로 사라졌네

적상추 시금치를 解凍하자 뿌렸더니
어느사에 나폴대며 뜯어먹기 십상이네
그런걸 뭉개났으니 먹거리가 없어졌네

앞으로 십칠년후 예상되는 죽음오니
삼십사년 九十四歲 내나이가 그때라네
그때에 맞을죽음을 오늘앞서 미리보네

여기서 지내온날 앞으로의 날수이니
공교롭게 중간마디 남은햇수 十七이라
그歲月 또그렁저렁 그랬듯이 흐르리라

그래라 나의딸아 계획대로 한일이니
하느님의 福받음은 네判斷에 달렸니라
그러니 제발덕분에 고집대신 겸손하라

<여백의 글>

　지금 같은 싱그러운 계절에는 밭가에서 나온 각종 잎을 뜯어 녹즙을
해 식전에 마시고 또 그 중 몇 가지를 골라 비빔밥의 재료로 삼아 먹는 삶
이 행복이련만, 다 뭉개지었으니.

　그래도 위쪽에는 건들지 않아 다행이다. 달팽이 사육할 공간만큼의 비
닐하우스 짓는다면서 이렇게 수선을 떨고, 17년이 된 감나무를 한 순간
에 캐어 버렸으니. 어찌 보면 그 17년은 앞으로 내가 살 수 있을 세월일
것 같아 지금 나의 존재가 사라진 것 처럼 허탈하다.

　제일로 분통터지는 일은 상의 한 번 없이 이렇게 갑작스레 포클레인이
와 꺼덕대고 헤집으니 내 생각대로 곶감 건조장 아래층을 판넬로 막아 방
으로 만들면 여름과 겨울의 온도조절 걱정이 덜어지고 만약을 위해서도
그곳을 방으로 사용 할 수 있으니 좋으련만…. 비닐하우스의 여름과 겨울
에 뜨겁고 추운 온도를 무슨 수로 피할는지. 그리고 수명이래야 기껏
4~5년일 테니 이 얼마나 비경제적인가!

무슨 緣줄 닿으려고 (Wed. May 11,'16)

애비닮은 모습보니 내마음이 언짢구나
제에미를 닮았으면 볼때마다 좋으련만
七年을 지내오면서 제애비로 변하였네

外家집의 追憶이야 친가보다 오래남고
姨母라는 그부름은 엄마같은 情이련만
뻐꾸기 탁란하듯이 그리될까 서글프네

늦었지만 이제라도 外家에서 보내면서
人格品性 바로하여 感性있게 자라련만
에미와 벌어진歲月 빈틈없이 채워보자

너와내가 멀어지어 속절없이 보냈으니
가족으로 함께함이 수월하지 않으련만
이제와 얽힌緣줄을 마음으로 풀어보자

<여백의 글>

<지훈이와의 再會>

지훈(비오)이가 이곳 제 외가를 떠난 지 7년여 만에 재회했다.

그럴만한 급박하고 딱한 사정이 그를 우리와 다시 맺게 해 주었다. 그를 보고 싶어 해왔던 나를 비롯해 제 할미에겐 좋은 기회를 주심에 감사를 드린다.

제 이모는 녀석을 맞이한 후 일찍 집으로 돌아왔다. 개가 짖는 것이 녀석이 왔음을 알려주나 싶다. 얼른 현관을 열고 나갔다. '외할아버지가 따뜻이 맞이해야지,' 하는 속마음을 갖고.

그래야 녀석도 그동안 전화 한번 못한 것에 대한 미안하고 죄송한 마음 갖은 것을 없애주어 편케 해주겠지.

마당에 올라 온 차에서 내리는 녀석은 이미 훌쩍 다 커버린 모습이다.

지훈이가 아닌 엉뚱한 다른 녀석이 온 것 같다.

나는 양팔로 녀석을 한참동안 포옹했다.

그 사이에 보이지 않도록 눈물을 속으로 들이 삼켰고 양팔은 녀석의 등을 토닥 토닥대고 있었다. "반갑구나! 보고 싶었다. 이놈아! 이 매정한 놈아! 그래 할애비가 보고 싶지도 안더냐?"

나는 계속 중얼댔다.

마음이 가라앉았어도 이렇게 나오는 내 목소리는 아직도 울먹이며 떨고 있었다.

"잘 왔다, 지훈아! 이제 할애비와 이곳에서 살며 학교에 다니자!"

너무나 격한 내 감정에 녀석도 뜻하지 않게 적이 영향을 받았는지 눈시울이 붉다.

내일은 면에 나가 녀석의 주민등록 초본을 내 쪽으로 옮겨 동거인으로 해야지, 그리고 그 등본을 떼어 녀석이 가지고 온 재학증명서와 함께 학교에 제출하면 녀석은 이곳 상촌의 중학생이 되어 아무 걱정 없이 학교에

다닐 수 있게 되겠지. 그러고 나면 제 어미의 마음이 놓이겠지. 요 며칠간 아침저녁으로 전화질을 해대는 걸 보면 얼마나 초조하고 속이 타면 그러랴 싶다.

그래도 제 자식이라고, 피붙이가 법으로 맺어 주는 인연보다 질기리니. 녀석이 성장하면 어찌 될 인연으로 다가 올런지!

애비 닮은 겉모습을 보면 속마음도 그럴까 봐 걱정이 되니 드는 생각이다.

記錄을 하노니 (Sun. Mar 13,'17)

一部 - 탄핵 발의 및 통과 (17.3.10)

고놈과 **최가년**의^{*1)} 패당질이 禍根되니
국정논단 탄핵되어 하늘까지 砲를쏜다
고려의 妖曾신돈을 오늘에서 다시본다

탄핵의 첫단추를 野合하여 빗장푸니^{*2)}
적장앞에 굳게닫힌 城門열어 주었도다
승냥이 **무성**한골에^{*3)} **소떼**들도 꺼려한다

총수들 出國禁止 하수세월 묶어두니
기업신용 추락하고 경영의욕 잃어간다
검찰이 휘두른칼에 韓國花만 떨어진다

중국의 야비한짓 猝富들의 횡포이니
주인없다 깔보는다 소인배의 恥事로다
黃총리 代行國政이 신뢰주어 그나마다

평화의 상징인가 촛불물결 넘실대니
맞불집회 태극기는 탄핵무효 휘날린다
한국의 輪出品目에 집회목록 넣라한다

수많은 TV채널 여기저기 돌려보나
같은사람 매번나와 편파論調 식상한다
차라리 박진감있는 레스링을 즐겨본다

평정을 찾아야지 승복하고 따라야나
애초부터 理念속에 예견돼온 판결이다
어이타 대한민국이 이地境이 되었는다

恥部를 기록하니 누워뱉는 침이구나
좋은일도 아닌것을 드러내기 참담하다
이不幸 反面敎師로 민주헌정 굳으리다

二部 대통령 사저이사; 청와대 떠나 사저로

탄핵이 가결되어 대통령직 내놨는데
검찰조사 또받는건 部棺斬屍 그格이다
下野를 외친마당에 그만맺고 나가련만

이틀이 如三秋요 청와대는 地獄일라

週日 저녁 耳目팔 때 夜半逃走 오해살라
四年도 길고길었지 발목잡혀 지냈으니

강아지 유기했다 고발하는 그心性은
하이애나 근성이다 假面口號*4) 상투로다
저들이 그런狀況에 제父母를 그리할까

지금이 문제인가 後孫들이 **문제이**지*5)
얼씨구나 好機로다 雨後竹筍 亂場이다
비오니 하늘이시여 우리나라 도우소서

내시오 힘내시오 처음부터 사랑햇소
어리석음 흉될망정 죄될일은 아니잖소
뇌물을 받은경우에 自殺하니 히더이다

三部 구치소 수감

큰산을 넘어서니 더큰산이 앞을막네
촛불기세 등등타고 어디까지 가려는지
기어이 囚衣를입혀 구치소에 가두는가

다음은 무엇일까 사드철회 꺼내드네
개성공단 금강산도 촛불속에 타오를라

핵폭탄 떨어뜨려라 그래야만 鎭定될까

변덕의 봄바람에 붙어있기 힘들어도
木蓮꽃은 우아함을 간직한채 있더이다
막刑에 處해진달들 의연함을 잃지마오

*1 고영태 · 최순실의 이해관계로 인한 불화.
*2 여당인 친박들은 탄핵법안을 불찬성했지만 비박중의 유승민과 김무성이 주동이 되어 야당과 합세, 탄핵법안을 통과시킨 핵심 주동자임. 두 사람의 세력이 반대했더라면 엄청난 이같은 주말 집회와 혼란이 초래되지 않았을 것임
*3 유승민과 김무성을 말함
*4 언필칭 동물애호가들의 구호들
*5 문재인을 말함.

<記術첨언>

'16년 12월 9일 국회 탄핵의결 통과 후 '17.3.10(금) 11,00에 헌재 만장일치 가결되니 그 여파(촛불집회)로 3명이 사망, 100여 명의 부상자가 속출하는 후유증이 계속 되고 있어 걱정이다.

오늘에 오기까지 매 주말마다 찬반 집회가 근 30여차에 서울을 비롯하여 전국 도심에서 일어났으니 그 소모적 행사(?)에 따른 낭비는 얼마나 클꼬?

대 그룹 총수들이 꼼짝 못하고 검찰 출두에 온 신경을 쓰느라 기업 경영은 뒷전이니 그러는 동안, 나라 경제 무너지는 소리가 얼음 깨지듯 들려오고, 이 때다 싶게 행패 부리는 중구 일본이 연일 우리를 분노케 하고 있으니 이 어이 딱하고 한심한 일이 아닐꼬?!

재벌과 총수들을 죄인으로 몰고, 기업을 그 아지트쯤으로 여기는 사고

의 팽배… 왜 그들이 누굴 위해 뭣 하러 기업한단 말인가!

　노무현, 김대중의 좌파 대통령이 된 이상으로 탄핵 수용이 천추의 한이다. 그러나 어쩌랴! 승복하며 대화함으로써 민주주의를 한 차원 높여야 하고 이 과정을 겪어보는 탈북민들을 감동시켜야 한다. 그래서 그들을 주축으로 김정은 정권타도에 선봉대 되어야 한다.

　오늘의 이 힘이 대한민국의 저력임을 그들이 실감케 할 일이다.

　민간인이 된 박근혜 대통령이 검찰 수사를 받아야 한다니… 이미 탄핵을 통한 심판을 받아 대통력 직을 내 놓은 이상, 그 뒤의 여죄는 자연소멸 돼야한다고 본다. 부정한 금액은 당연히 환수해야 하지만… 그렇지 않으면 이것은 복수재판으로 현대판 부관참시가 아닌가!

　뇌물이라 하니 본인이 받고 청탁을 들어주어야 뇌물의 기본 성격이련만… 박대통령이 돈 한 푼 손안에 받은 적 있나? 만약에 대통령께서 뇌물을 받았다면 당신도 노무현처럼 자살하시오.

　그는 지금 아무런 문제 제기도 없고 不正한 사람 아닌 모범대통령인 사람으로 숭앙 받고 있지 않습니까!

　드디어 4월1일 새벽에 대통령은 구치소로 이송되어 수의를 입고 있는 모습이 전국에 방영 됐다. 참으로 억장이 무너지고 터진다.

　이제 남은 것은 마지막 하나, 대통령을 사형하라 외칠 것이다. 그러고선 개성공단을 즉시 재가동 시키고 금강산 관광을 재개하라 할 것이다.

　그러할 대통령을 그들이 만들어 낼 것이다. 그것도 확실하게 "…아, 대한민국이여!"

제 4部 재판정 가는 길

窓밖은 化暢하고 靑靑山野 해맑으나
朴대통령 호송차량 검은窓이 不吉하다
외로운 돛단배한척 바람결에 밀려간다

구속후 오십삼일 재판정에 끌려가니
세상물정 어리석음 惡緣맺은 탓이라네
나락에 떨어진처지 恐慌일까 걱정인다

그동안 변했니다 긴박하게 변했니다
친북세력 得勢하여 再執權을 하였으니
설만들 되풀이할까 퍼주기를 또할리야

제 5部 終結

問題가 예상외로 잘풀린다 양양대나
미적분이 대수더냐 対北対中 難題로다
近海는 멀어만가니 視野에서 흐려진다

대통령 새로나자 黨籍들이 뒤바뀌어
件件마다 반대한당 여당으로 一變하네
승냥이 茂盛한덕에 고집부린 앙화로다

이제는 끝을맺자 분통한맘 억누른다
좌파세력 포진하고 國政꼴은 가관이니
歷史는 돈다고하나 벌써부터 그래서야

六部 — Epilogue —

촛불로 데모한지 一週年이 되었다고
서울거리 누비면서 기념集會 광란이네
저희들 하는짓거리 탄핵逆風 당할리라

脫原電 정책이라 고집으로 밀고가다
여론투표 찬성으로 工事再開 발표하네
후유라 다행이다만 分裂낭비 어이할꼬

적폐를 청산한다 前前정권 들춰대니
六二五의 완장부대 氣勢등등 닮았구나
이러다 정권바뀌면 또이럴까 걱정된다

추풍령 제36집 (2017 영동문학)

새로워진 永同驛 (Sat. Aug,'17)

답답한 가림막이 期約없이 둘러있어
통행하는 승객들의 호기심을 자극터니
어느날 걷어치웠나 大作한점 태어났네

등굽은 할머니에 다리아픈 할배인데
서신채로 지하通路 오고가니 편해좋네
서울역 자동階段機*보다 영동것이 좋다한다

역전을 빠져나온 來訪客이 놀라는데
무지개빛 형형색색 驛廣場에 수를놓네
영동의 品格位相이 높아졌다 탄성이다

永同驛 분주하기 六十年代 영등포네
이용객의 자리매김 이만하면 제법이니
포도주 한잔나누며 투어버스 즐기라네

* escalator가 음이 길어 할 수없이 이렇게…

평생번호 三死救赦(3494)

아둔한 내머리는 나이들어 더느리니
눈에띄야 알게되고 단순해야 생각나네
번호를 하나로묶어 統合하니 便한번호

숫자에 三死救赦* 의미넣어 살아나니
세가지를 내려놓고 天上恩寵 받자라네
나에세 所望주시는 祝福받는 平生번호

三四年* 九十四歲 好時節을 그리나니
生花피고 눈내리는 어느때든 좋으리네
뜻대로 이뤄주시는 사랑담긴 生命번호

* 1 탐욕 질투 악의…등은 마르코(7,20~23) 복음서에서 말씀하신 "사람에게서 나온
더러움"이라 했으니 이중에서 욕심(악욕), 악의(악심)와 거기서 나오는 악행을 버
리면(三死), 천상은총을 받을 수 있다(救赦)라 억지 해몽(?)해본 것임.
* 2 (20)34년이 내 나이 94세가 되는 해임.

<여백의 글>

伏날이 며칠 전에 지났으련만 내뿜는 그 열기의 위세는 아직도 등등하다.

人道의 감나무 그늘을 밟으며 역으로 간다.

서울행 예매를 하기 위해서다. 포켓 안에 카드를 꺼내려는데 안 보인다.

'어랍쇼' 카드가 없어졌다? 복날 점심이랍시고 늦은 점심을 먹고 계산까지 했는데… 그렇다면 그 후의 과정을 역으로 추적해 봐야지. 해서 방금 전에 걸었던 인도를 따라 다시 석당으로 향한다. 횡단보도가 있으련만 아까 건너올 때 그 아래쪽으로 무단 횡단했으므로 이번에도 그대로 추적해 갈 수밖에

카드처럼 보이는 빳빳한 뭔가가 앞에 띤다. '혹시나?' 하면서 다가가 보니 급전 필요한 사람들을 혹하게 하는 친절한 선전명함이다. 불과 사백미터도 안 되는 뚝방 길 식당까지의 거리에 널브러진 광경이라니…

식당에 도착해, 커다란 유리문을 열려고 밀치니 문이 잠겨있다, '이건 또 뭐야, 왜 굳게 닫혀 있는거여? 조금 전까지도 우리 일행이 伏食을 즐긴 자리였건만 그리고는 십분도 채 안 지났는데 그 사이에 문이 잠겼다? 아무래도 수상해. 주인이 내 카드를 갖고 있는 게야?'

생각이 이렇게 미치자, 담벼락같이 버티고 있는 육중한 유리문을 세차게 두들겨댄다.

이웃 사람들이 대낮 소란에 午睡방해라 하며 경찰서에 신고 직전까지 이르렀을 걸로 여겨지자 자라 목 들어가듯이 살그머니 그만 두었다.

유리문 아래쪽에 전화번호가 하얗게 박혀있는 게 이제서야 눈에 띈다. 희망을 갖고 핸드폰의 숫자판을 꼭꼭 박듯이 눌렀으나 없는 번호란다. '제기랄, 재수 옴 붙었나 없는 번호만 있으면 다여? 영업을 않겠다는 소리 아냐?'

말 같지도 않은 억지를 쏟아낸다. 그러고 보니 일껏 잘 먹은 추어탕이

왜 지금에서야 진국물이 아닌 것 같다는 생각이 드는지!

하는 수없이 돌아 나오는 노상에서도 내 마음은 조바심이요 불안이다.

하필이면 오늘이 금요일이요, 어느덧 업무 마감 시간이 다 됐으니 조치할 시간이 없어 그럴밖에. 전화로 카드 분실 신고를 했다. 그러고 나니 조금 안심이 된다. 마치 공사판에 터진 수도관을 막은 것 같아서다.

주말 양일을 불안하게 보낸 후 월요일이 되기가 무섭게 소재지를 내려간다. 마침 농협 직원이 문을 연다. 셔터를 올리고 돌아설 때 나는 잽싸게 옆으로 들어갔다. 아마 대도시에서 그랬다면 어느 날강도가 침입해 오는 것으로 오해받을 일이겠으나 우리 농촌은 면민들의 얼굴은 물론 이름까지도 거의 꿰뚫고 있을 정도니, 웃자고 써 본 것이다.

"비밀번호를 입력하세요."

"예?…"

예상치도 못한 질문을 받았을 때의 곤혹스럽고 난감한 순간이라니!

"전에 쓰던 것으로 하지말고 다른 것으로 정하세요. 그래야 안전하니까요."

이천 년대 들어서면서 밀레니엄 기념으로 한답시고 2000을 섰다가 두 번 째로 바꾼 이전 앞에서는 내 삶이 아흔 넷까지만 가면 좋겠다는 소망을 담아 2094라 의미 부여한 번호였는데, 이제 새로운 지향을 담은 번호를 정할 기로에 맞닥쳤으니! 얼른 좋은 생각이 떠오르지 않는다.

'그래 구십사 세가 되려면, 금년이 17년이니 앞으로 17년이 더 있어야지. 그렇다면 거기에 17일 더한 34를 94앞에 붙여 3494로 하자. 이는 이천삼십사 년이 94세 된다는 뜻이다. 그해 벚꽃이 화사하게 부활하듯 필 때나, 아니면 겨울에 흰 눈이 온천지를 덮는 순백의 세상일 때를 택하여 주님께서 내 영혼을 불러 주신다면 이런 영광이 이 지상 어디에 있겠는가.

이제는 사람들이 웰빙(Well being)과 웰다잉(Well dying)을 잘 알고는 있으나 그것을 누리기 위한 방법은 모색하지 않고 지내는 게 안타깝다.

이제 나의 평생번호인 나만의 비밀번호는 시각적으로는 한글 「삼사구사」요 인위적이긴 하지만 유의미적으로 한자 「三死救赦」로 정한다.

유의미 하다는 한자의 뜻은 "세 가지를 버리면(내려놓으면) 구원의 恩赦"를 받는다는 뜻인바

惡慾 惡心 惡行을 三死할, 버려야 할 것으로 정하자. 덧붙여 말을 하면 이 비밀번호를 '19년에 제 5집으로 나올 冊題로 사용할까 싶다.

外孫 祉勳이를 보내며 (Wed. Sep 13,'17)

매일을 신경쓰며 일년반을 지내다가
永住許可 서류받고 서둘러서 出國하니
그간의 엇갈린愛憎 할배맘이 便치않다

만난다 기뻐하고 헤어진다 서운함은
人之常情 당연사니 이를어찌 피할수야
壯談은 禁物일지나 훗날再會 바람이다

뜻펼쳐 이루어라 大陸에서 氣槪펴라
시련닥쳐 힘든삶은 주님受難 체험이다
品性이 유별난너는 萬事亨通 되리로다

祉勳이 떠나가니 신경쓸일 줄었지만
지애미는 혹이불어 무거웁게 누를텐데
어쩐다 홀가분하다 말할처지 아니로다

내생전 다시보기 어림없는 바람이니
믿음직한 청년으로 사람됨만 보여다오
주님께 비오니이다 저앞날을 도우소서

<여백의 글>

너와 함께 한 시간은, 돌이켜 보면 작년 5월 6일에서부터였으니 대략 1년 반인 셈이다.

이제 네가 영주권을 부여받게 됨과 동시에 이민을 위해 내일 출국을 하게 되니 새삼 '인연'이란 것을 생각하게 되는구나.

인연이란 눈에 보이는 모든 것, 느끼고 만지는 有無型의 것, 심지어는 육적 영적과의 접함 등이 인연이란 관계에 놓여 있구나.

그중에서도 직접적이요 현실적인 인연은 현재 상대와의 맺는 관계가 아니겠느냐?

다시 말해 너와 나와의 인연 말이다.

구태여 인연이란 말로 관계 표현을 한다면 부끄럽고 어쭙지않은 미숙한 표현인가 싶다. 왜냐면 나와 너를, 달리 말하면 '우리'라 해야 할 가족 공동체간에 '인연'을 논하니 말이다.

그런데 그 혈육을 통한 인연이 도중 잘못되어 유감스럽게도 반쪽으로 깨졌으니 그저 마음이 무겁구나.

그렇거니 너에 대한 半信半疑하는 불확실성은 함께 지내 온 시간을 통해 너의 모질고 비뚤린 각을 많이 연마하여 제법 돌 같은 돌로 만들어졌다고 여긴다.

지훈아! 너는 너대로 불만족한 처우를 받으며 지내느라 고생했다고 느낄 것이겠지만, 어찌 보면 너는 너대로 덕분에 또래 중에서는 성숙된 품성을 보여주면서 학교에서는 선생님들이 인정해 주시고 모든 친구들의 인기를 차지하지 않았느냐!

이제 네가 캐나다에 가면 그동안 할애비가 강조한 점들을 명심 또 명심하여 '답게' 살아가기를 바란다.

정리해 말하면 너는 개인 권지훈이가 아니라, 한국인 권지훈이란 점을 잊지 마라. 아무리 Global 사회라 하여도 그곳에 한국인 젊은이들이 득실거릴지라도 너는 한국에서 온 권지훈이요, 한국을 대표하고 있다는 자부

심을 갖거라.

두 번째는 가정을 행복하게 만드는 역할을 하여라. 혹여 너로 인해 엄마와 parviz간에 불편한, 불화가 생기지 않게 노력하거라. 그러기 위해 매사의 '말할거리'는 엄마에게 보다 parviz에게 먼저 하라. 절대로 그에게 나중에 말함으로써 그를 우선순위에서 엄마 다음 '자기로구나'하는 서운한 맘을 갖지 않게 하라. 다시 말하거니와 엄마에게 할 내용의 말은 parviz 그를 통해 알게 하여라. 그리하여 그 점이 이번에는 설사 엄마를 서운케 해도 그 서운함은 괜찮은 이해와 포용의 서운함이니 도리어 너를 듬직하게 해 줄 수 있어 마음속으로는 너를 기특하다 기뻐하실 것이다.

셋째로 네 누나의 행동을 본받지 말고, 잘못된 처신에 대해서는 가차없이 누나를 탓해야 한다. 그러면서 Hana를 사랑해 주고 틀림없는 네 동생으로 대해 잘 지내도록 하라. 이번에는 그것이 parviz의 신임을 받는 계기가 될 것이다.

신임을 받는다는 것은 너를 한 차원 높게 행복으로 이끌어 가는 일이 될 것이다.

마지막으로, 광활한 그러면서도 모든 system이 완벽하게 운영되는 그 선진 사회에서 과감하게 도전하고 너의 기개를 펼쳐라, 그리하여 훗날 '자랑스러운 한국인'으로 서 있기를 바란다.

끝으로 인생은 단시간에 이뤄지는 것이 아니다. 또한 시간은 허비하는 소모품이 아니란 것 명심하라.

그리고 맘고생이 많았던 네 엄마를 항상 잘 대해드려라. 네 엄마는 널 낳고 기르기까지 했느니라. 엄마가 아니시면 네가 존재하지 안 했느니라.

그만 끝을 맺는다.

出國前夜 2019.9.12.

from your Grand Father-in-law

평창 冬季올림픽 전모 (Mon. Feb 26,'18)

세 번을 挑戰하여 개최권을 따낸 것은
경기에서 金메달을 따낸이상 快擧로다
코리아 평창宣布에 온국민이 환호했지*1

험준한 산을뚫어 고속도로 새로나고
쾌속열차 개통하여 空港강릉 지척이니
완벽한 교통體系에 桑田碧海 에서본다*2

선수촌 숙소부터 식당가의 시설까지
보안安全 萬全策에 강원도민 하나됐네
만반의 준비됐으니 何時라도 열려라다*3

서울은 八八年에 夏季경기 개최하고
三十年後 오늘에는 평창에서 개최하네
冬夏季 치루는位相 대한민국 우뚝섰다

세계의 젊은이들 自國名譽 앞세운채
혼신다해 기량펴며 友情平和 다지는다
三十日 겨울축제에 喜悲들이 엇갈린다

兩會式 式前행사 文化행사 볼거리는
첨단기술 接木시킨 思考發想 걸작이다
지구촌 세계인에게 과시하니 흐뭇하다*4

單一팀 구성하여 남북親交 보여주고
응원단에 樂團들은 화해몸짓 하였지만
속내가 다른저들에 그때마다 당했는걸*5

北韓의 김여정은 개막식에 참석하고
김영철을 내려보내 폐막식에 參觀함은
제재에 숨통막히니 도리없는 수작이지*6

올림픽 성공했다 자화자찬 한다마는
적의괴수 당당하게 國賓되어 행세하니
低姿勢 일관한다며 정부성토 들끓는다*7

적폐가 문제로다 두政權을 말살하니
정보국방 장관에다 실무자들 구속하고
박근혜 대통령에게 三十年을 求刑한다

이제는 남은하나 李대통령 구속이다
삼성롯데 대재벌을 못잡아서 안달이다
나라가 망한뒤에야 후회한들 소용있나*8

올림픽 끝나면서 美北對話 중재하나
희망일뿐 될리없지 경제壓迫 中斷마라
역대의 누구보다도 트럼프가 지혜롭다

대관령 넘는바람 황태바람 매운바람
惡條件을 무릅쓰고 성공으로 치뤘다고
평창을 외쳐대면서 閉會式을 선언한다

*1 2003년부터 유치 경쟁을 벌렸으나 기회를 못 잡다 2011년에서야 성공. 당시에 평
  창 결정 선포 낭보에 한여름의 더위가 말끔히 씻겨남.
*2 서울-강릉 간 고속도로를 내고 인천국제공항 제2여객터미널 완공 개통 및 공항과
  강릉간의 KTX개통(18.1月)으로 완벽하고 빠른 교통망 구축됨.
*3 체감온도가 영하20˚c가 계속되니 방한 덮개까지 제공해야 할 정도의 기상여건이
  심히 나빴음. 그러나 모든 준비는 완벽하게 이루어져 언제든 올림픽은 열려도 문
  제없게 됨.
*4 화려한 레이저 빛으로 고구려 동굴벽화의 사신도 태극무늬 및 드론을 이용 연출한
  첨단 IT 기술로 만든 "人面鳥像"등이 감동적이었음.
*5 경기 20여일을 앞두고 구성된 갑작스런 남북의 아이스하키의 단일팀, 예술단, 태
  권도단원 등 600여 명 대부대가 평창으로 육·해·공로를 뚫고 넘어옴
*6 천안함 폭침, 연평도 포격, 비무장지대 목함 지뢰 폭발 등 온갖 만행의 주범자 김영
  철을 초대함. 미국과 UN의 강력한 경제제재에 숨통이 막혀 힘드니 기회를 돌파하
  려는 속셈으로 응하는 제스처로 보임
*7 남한 스키선수가 북의 마식령스키장에 친선경기 및 훈련을 위해 월북할 때에는 선
  수들의 uniform 및 bag에 붙어있는 태극기를 모조리 떼고 입북하도록 제재를 받았
  음에도 저들의 떼가 올 때에는 당당하게 인공기를 달고 오는 등 불평등한 대우를
  연출. 뿐만 아니라 숙소는 위커 장군을 기념해 붙인 위커힐을 제공하는 등 국민감
  정을 심히 상하게 하면서까지 오직 남북회담을 염두에 두고 처리함.
*8 하필이면 북한에서 넘어온 저들 앞에 남쪽의 온갖 추태를 보여주어야 하는가? 삼
  성 이재용과 롯데의 신동빈은 말할 것도 없고 전직 박근혜 대통령에게 내린 30년
  구형을 대서특필하게… 적진 앞에 부끄러운 참담함을 군이 노출하다니…

사이칠(4.27)과 육일이(6.12)의

南北美 頂上會談 (Thu. May 31,'18)

평창의 올림픽이 南北和解 계기되어
어렵사리 물꼬트여 頂上會談 갖게되나
또한번 半信半疑로 지켜보며 냉철하자

내용이 문제인가 實踐與否 문제이지
온세계가 지켜보며 證人役割 하는판에
설만들 알맹이없이 말잔치로 끝날리야

잘되면 文대통령 歷史속의 人物되나
실패하면 文政權도 脈못추고 스러질라
세계가 응원한다만 기대대로 잘될는지

想像도 못한일이 美北간에 전개되어
실패하면 미국측이 경제압박 强化할터
차라리 그렇게되면 김정은은 끝장이니

美北會談 遺憾 (Tue. Jun 12,'18)

싱가폴 센토사는* 회담장소 落點되니
온세계의 媒體들이 取材경쟁 불붙는다
곰이된 회담덕분에 싱가폴만 재미본다 *Sentosa

북한은 願한것을 미국에서 받았으나
미국측은 相對에서 얻을것이 전혀없네
큰소리 떵떵친虛風 트럼프의 持許였나

양국의 정상회담 所得없이 끝나서야
실무회담 계속한다 歲月가니 속절없다
檢證을 完全히하는 非核化를 이룰는지*1

북한에 韓美訓練 않겠다고 선심쓰고
人權문제 거론않고 김정은만 추켜주니*2
콧대만 높여주는꼴 高姿勢가 사납구나

世紀의 英雄되고 세계적인 영웅됐네
어리다고 깔보았나 호락호락 어림없지
실속을 다챙긴후에 核國家로 뻐길리라

실망도 유분수지 作品化가 부끄럽다

이쯤에서 끝을맺고 머리에서 지울리라

씨앗만 뿌린형국에 거두운다 어찌믿나

*1 트럼프의 회담목표가 '검증을 완전히 하여 돌이킬 수 없는 비핵화' (Complete
Verified Irreversible Dismantlement. CVID)라는 말
*2 회담면전에서 살인마 김정은을 "똑똑하고 영리하다" 한 아부성 발언

내 生이 사라진 듯 (Wed. Jun 27,'18)

永同에 산다하면 감나무가 保證이니
매년심은 苗木들이 成木되어 資産이다
풍성한 감나무정원 가을오면 더욱좋다

가지가 꺾겨질라 잡아매고 받쳐주니
豊年農事 확실하다 조심조심 딸일이다
깎아서 매단감들이 보기에도 흐뭇하다

樹液을 뿜어올려 잎이돋을 시기인데
포크레인 무법자가 감나무밭 헤집는다
넋놓고 바라만볼뿐 내마음도 찢어진다

살아온 십칠년은 앞날남은 햇수인데
삼십사년 중간해에 감나무가 뽑혀난다
내生의 남은歲月이 사라진 듯 悲感인다

世紀의 신기록 더위 (Mon. Aug 27,'18)

가축떼 잡초들이 脈을잃고 죽어가니
사람인들 살수있나 溫熱환자 속출한다
기후의 災殃이로다 사십度가 連日이다

연못에 물이말라 잔챙이가 죽어나고
과일채소 피해심해 품귀하니 폭등한다
계곡물 집수장말라 먹을물을 공급한다

태풍이 온다는데 온나라가 좋아하니
오죽하면 저리할까 孝子라며 불러준다
하면서 겁도없는지 제발어서 오라한다

가뭄이 극심하면 장마철을 생각하고
장맛비에 지루하면 가뭄때를 생각한다
장마건 가뭄이건간에 섭리라 여길리다

<여백의 글>

하루하루가 다르게 기록을 갱신했다고 알리는 TV!

36°를 넘어서 38°, 39°, 심지어 체감 온도가 41°를 넘어섰다며 생뚱, 처음 듣는 신조어 「온열환자」 발생이 속출하여 생명을 잃으니 노약자들은 각별히 주의하라 한다.

바로 엊그제 까지만해도 하루에도 몇 번 씩을 듣던 경고였는데, 신통도 하지! 23일 처서를 맞아 선을 긋 듯 기후가 돌변하여 선선하게 바뀌더니 이번에 솔릭(solic)이라는 태풍이 불어 닥치면서 금년 더위는 완전히 물러간 것으로 보인다.

백십일 년 만에 기록을 깨고 온 더위를 버티어 낸 우리 산者들은 "장사들이다!"

내 어릴 적에 할아버지들은 싸워서 이긴 우리 꼬맹이들을 보고 "장사다" "장사가 따로 없다"라는 말로 격려인지 꾸중인지를 하시곤 했다.

그래서 하는 말이다, 더위와 싸워 이겨낸 금년의 우리 한국인들은 모두 "장사들이다!"

이렇듯 극심한 더위와 가뭄이 50여 일에 걸쳐 계속되니 태풍예보가 어찌 반갑지 않겠는가?

그 무서운 재해를 당할 수도 있는 태풍이련만 겁도 없지! 제발 비켜가지 말고 한국 중심부를 통과한다는 예상 진로를 벗어나지 말고 정통으로 관통하면서 그 영향권에 있는 전국에 비를 흠뻑 뿌려 주십사 하는 심정이 먼저 앞서는 모양이다.

그런데! 참으로 다행이지! 어쩌면 전혀 피해 없이 조용히 비만 뿌려주고 한반도를 벗어나는지! 그야말로 효자태풍이란 말을 붙여 불러 주었는데 말대로 이렇게 순히 사라지니 효자중의 "효자태풍"이라 불릴 만하다.

이번 여름의 고온 장기 가뭄을 겪으며 느낀 것; 가물어 타죽겠다고만 할게 아니라 물이 흔한 장마철을, 또 장마가 지루하다 불평할게 아니라 그럴 때는 밝은 햇살이 쬐는 가뭄을 생각하면서 이 모두는 주님이 섭리려니 여기리라.

안호상 逝去 二十周年 獻詩 (Thu. Feb 21,'19)

당신이 永眠하심 스무해를 맞이하여
獻詩지어 바치오니 흔쾌히 받으시고
그세상 좋은곳에서 永生福樂 누리소서

國祖인 檀君께서 弘益人間 理念으로
나라根幹 세우시고 우산탐라 다스리며
松花江 大平原까지 관장하라 하셨니라

氣象과 늠름함은 統一三國 예서보고
예의도덕 生活化는 李朝에서 매김했네
여기에 弘益하라는 博愛사상 꽃을본다

수많은 外侵에도 나라잃은 日帝에도
선조들의 救國一念 나라지켜 구해냈네
장하다 독립했도다 大韓民國 탄생이다

어떻게 탄생됐나 어떻게 지켜냈는데
이대로는 안될리다 어림없는 作態로다
당신뜻 되새기면서 이나라를 지키리라

어찌해 교육정책 실험하듯 갈팡대고
기울어진 理念교육 正統歷史 무너지니
文敎를 지키신당신 오늘날에 그립니다

當代를 걱정하며 민족思想 고취하고
행정에서 정치가로 종교계의 큰별로써
이루신 業績기리며 애국의길 決意한다

홍익이 안보이니 **이념**이가 판을치고
北西風은 계속불어 미세먼지 덮쳐온다
南風이 불어올때에 홍익이는 돌아올리

노근리참사를 묵상함 (Fri. Sep 6,'19)

해방을 누릴즈음 포탄벼락 떨어지니
남부여대 피란행렬 철로위를 허겁댄다
한가닥 황급한희망 한순간에 꺾였다오

온동네 사람들이 한날한시 희생되니
제삿날이 모두같은 희한한일 생겼도다
이비극 넘길수없네 어찌우리 잊으리오

학살이 왠말이오 도발자가 북쪽이니
그러기에 희생자요 혼령들은 원통하다
이제는 야욕본성을 그만접고 사죄하라

이리가 탈을썼다 착한양이 아닐지니
세월흘러 변했어도 저들본심 여전하다
망각은 흘러간단들 그러하면 안되리라

원혼이 깃든이곳 화해물결 넘실대니
쌍굴다리 철로길은 한라백두 이을리다
노근리 찾은당신은 평화쌓은 사도라오

잊힐까 잊혀질까 역사비극 현장이니
사만여평 너른공원 추모의場 숙연하다
넉넉히 돌아보다가 피곤하면 예서쉬오

2부 농민 문학을 따라

農民文學 100號 祝詩 (Thu. Jul 7,'16)

앞날이 불확실한 엄습하는 不安안고
開拓하는 정신으로 四半世紀 일궜으니
장하다 가꾼흙文學 魂이깃든 농민문학

全國을 巡廻하며 회원硏修 친목돕고
테마主題 그속에서 농촌魂을 찾아내니
人本이 바로선文學 格이다른 농민문학

특집판 百號맞이 소리높여 祝賀하세
더덩덩실 신명나게 어깨춤을 부딪치세
그동안 편집위원이 위로받을 농민문학

새싹이 자랐으니 튼실하게 키워가세
농사하는 마음으로 거름주며 가꿔가세
그렇게 關心을두면 發展하는 농민문학

양평의 남한강 풍경 (Wed. Aug 9,'15)

時節이 좋아선가 강변韻致 좋아선가

남한강물 悠悠하고 상큼한山 둘러선가

숨은 듯 조용한집들 異國 情趣정경이다

매일을 맞는아침 그아침이 대수런가

그런데도 오늘만은 다른아침 색다르니

새롭게 동터오는빛 創造의빛 歡喜니다

<여백의 글>

　오랜만의 남한강 주변을 보는 감회가 색다르다 넓은 강폭에 풍성한 수량, 경사 따라 들어선 그러면서도 숲속에 숨어 있듯 한 크고 작은 집, 잘 정돈된 도로 옆에 높고 낮은 건물 등 얼핏 보아도 이국 운치가 풍기는 도농 복합형 모습이다. 그 중에 현대종합 연수원이 우리를 반겨준다. 1박2일의 연수중에 마음이 평온하고 행복했다.

두 번째 丹陽을 찾다 (Fri. Aug 28,'16)

丹陽찾는 不便함은 교통편이 그래서니
이른새벽 늦은오후 황간역에 정거한다
참으로 다행인 것은 換乘않아 편리하다

三十年이 흐른지금 河川정비 눈에띄고
家口數는 그대로나 옛집情感 사라졌네
老松옆 易東*功積碑 함께얼려 의연하다

친구불러 내기했을 너럭바위 장기판은
歲月속에 黙言으로 悠悠自適 살라하나
찾는이 휘휘서두니 무얼보고 가는걸까

<여백의 글>

　오늘의 농민문학 세미나 참석을 위해 첫 버스로는 안 되어 택시를 이
용해야만 했다.

　황간역까지의 요금이 물경 19,000원 이란다

　아는 기사라 해 깎아줄까 하는 기대는 고사하고 내가 도리어 잔금 천
원을 사양할 수밖에 없어 만원 지폐 두 장을 건네고 말았다.

참으로 얌체 같은 요금이다. 차라리 15,000원으로 하던지 아예 2만원을 받던지 하면 편 하고 깔끔하련만, 거스름 돈 천원을 받는 각박함은 내 몫이니 찜찜한 일이라서 그렇다.

그래 기사 송사장에게 기어이 한 마디를 한다.

"요금이 그러내요. 이미지가 얌체 같으니. 만 오천 원, 이만 원 둘 중 하나로 하면 차라리 괜찮겠구먼…"

그런데 같은 현상이 유감스럽게도 단양역에서도 또 일어난다.

역에 내리니 중년 남성 세 명이 역 홀 벽에 붙어 있는 관광지도를 보면서 무슨 얘기를 한다.

"실례합니다. 여기 단양에 계시는 분들인가요?"물었더니 그렇단다.

"그럼 도담삼봉까지 가는 방법이 무엇이냐?"하면서 Bus편을 물었더니, Bus로 가려면 여기서 시내까지 간 다음 다시 Bus를 타고 도담삼봉을 가야 한단다. 모든 버스는 시내에 종점 Terminal이 있어서 그런 모양이다.

네 명이 갈아타고 가야하니 Taxi비 9,000원과 맞먹을 것 같다. 해서 택시를 타기는 했지만 요금이 역시 께끄름했다.

새벽에 겪은 19,000원이 여기서는 1,000 부족한 만 원이라 서다. 이 무슨 얄미운 공통의 수작인가 싶다.

이제는 기어이 천원을 받고 싶었다. 다음에도 택시를 탄다면 또 그런 일이 벌어질 테니 그때마다 대수롭지 않게 여기어 양보할 일이 아니다 하여 그 천원을 받으니 일행 중에서 "그걸로 복권을 사면 억대가 생길지 누가 알아?" 하기에 "맞다, 맞다!"하며 한바탕 웃었다.

---

* 단양 禹氏의 4대 어른이신"禹偉"의 호임
  그가 단양에 「사인」이라는 관직에 있었을 때 계곡 옆에 넓은 바위에 장기판을 그려(새겨)놓고 두었을 그 판이 아직도 생생하게 패여 있음.

장계의 국민관광지를 둘러보고 (Fri. Oct 7,'16)

山勢가 둘렸는가 굽은湖水 둘렸는가
大淸湖도 넓으려니 이슬봉이 외롭구나
장계리 國民觀光地 다시없는 安保地다

*鄕土館 입구 왼편 시조한수 展示物은
옥천하고 관계없는 진주남강 촉석루네
참으로 어이없도다 옥천文人 보고있나

시조비 記念碑에 옥천하고 관계없는
한산섬에 이순신이 뜬금없이 새겨있네
建立한 날짜도없이 옥천문인 관심있나

<여백의 글>

　이른 점심 후, 일정이 옥천의 향토관을 가면 정지용과 연관된 장계리에
있는 문학관을 안내받아 국민관광지를 둘러볼 수 있게 됐다.

　대전을 오고 갈 때 거치는 옥천에 붙어있는 안내판을 보면서도 들러보
지 못했는데, 농민문학이 주최하는 유승규 문학축제 덕분에 가게 되어 기
쁘다.

부슬대던 비가 멎고 날씨가 갠 주변이 한결 맑다. 국민관광지는 보은 금산 간을 이어주는 38번4차선 도로에 인접해 있어 접근성이 좋은데도, 높이 454m의 이슬봉이 구불구불 대청호의 물을 가두고 있어 스스로 섬산(島山)을 이루며 만든 좋은 경관에 비하면 찾는 이가 적은 것 같아 보였다. 도로 쪽만 제하고는 빙 둘러 넓고 깊은 대청호의 한쪽에 자리 잡은 관광지는 孤島를 닮은 천혜의 安保地다.

다시 말해 도로가 주머니의 입구를 막으며 가로로 지나는 꼴인 셈이다.

이곳처럼 조용하고 자연적인 운치는 요즘같은 세상에 참으로 보기 어려운 경관이구나 싶다.

맞은쪽에 위치에 있을 것 같은 청남대는 이곳과 같은 여건이지만 어쩌면 넓다는 이점 때문에 그곳을 택했구나하는 생각이 들었다.

옥천에 이렇게 숨은 오지요 자연다움이 있다는 것을 오늘에서야 알다니!

*알고보니 향토관 초대 관장 전 아무개의 작품이 전시된 것이다. 옥천하고는 상관도 없는 내용인 「촉석루」를 주제로 한 시조인데 이왕이면 내용도 옥천을 담은 작품이 전시되었더라면…

또 있다.

읍내 소재지에 있는 관성회관 입구 우측 끝에 서 있는 시조 기념비이다.

작년에는 보지 못했으니 금년에 세웠다는 뜻이다.

뜬금없이 기념비라 해서 세운 것도 이해가 안 가는데 새겨진 시조는 이순신의 「한산섬」이다

관성회관에는 일찍이 유승규를 기리는 비가 있고 매년 문학제를 그곳에서 해온 곳인데, 어찌하여 시조 기념비에 그 시조인가!

더군다나 세운 연대도 없으니 이래가지고서야 무슨 기념비라 말 할 수 있겠는가?

미안한 말이지만 그곳문인들의 골이 비어도 새하얗게 비었나 보다.

'18 하계 농민문학 Seminar

주제 , 농민문학과 귀농귀촌의 작품보기
일시 , 2018. 08. 16(목)<16,00~17,30)
장소 , 충북 영동군 난계국악촌연수원

발표자 , 우명환

농민문학과 귀농귀촌의 작품 보기

1. 용어정리

가. "농민문학"

농민의 耕作 및 일상생활과 농촌 상황을 소재로 한 그 혼이 묻어난 문학작품

나. "농민문학"이란 용어는 언제?

1930년 대 일제 강점 하에서 수탈당하는 농민의 암울한 삶에 희망을 불어주는 "농촌계몽운동"(흙, 상록수)에서 발전된 농촌중시풍조 문학인 歸去來辭 型 작품 이무영의 「농부」가 나왔고 그 후, 1970년대에 들어 사회 국가의 발전 다변화에 따른 직업과 문학 장르(genre)가 세분화 되자, 여기서 평론 분야가 생겨났다.

따라서 작품은 이미 과거의 것이나 그것을 평론가에 의해 1970년대부터 소설 작품을 주로 하여 비교, 분석하여 평가가 이루어졌으며 이때부터 그런 소설을 "농촌소설" 혹은 "농촌(농민)문학"이라는 용어가 붙게 되었다.

다. 내용분류

적극적 농민문학(A형)

주민(농민)과 동참 경작 협동 − 哀歡표출 동영상적 감동.「귀촌
일기. 보리타작. 동창이…」

소극적 농민문학(B형)

주민(농민)동참 不要. 무신경 이기심. 전원감상 피상적.「감골」.
고시조의 대부분

라. 귀농 귀촌 의미 구분

歸農 , 耕作(농사)에 방점. 동영상적 감흥표출. 농촌혼 − 결과작품 내
용이 적극적임.
歸村 , 전원주거(주택) 텃밭정도. 이기심(무관심), 방관. 고시조의 귀
양문학(유배)

2. 작품감상

가 1) A형 − 현대시(조)에서

1997년 I.M.F가 터지자 조기 퇴직에 따른 직장불안. 갈수록 정체되
는 도시교통의 체증 및 혼잡. 산업화에 따른 공기 수질악화에서 오는
일상의 Stress가 쌓이는가 하면 농촌에서의 도로확장 및 포장, 문화생
활의 여건, 쾌적한 자연, 심신의 여유, 참 행복 의미 변화. 각 지자체의
적극적 농촌으로의 인구 유입책 실시 등 복합적이고 종합적인 배려 결
과 → 꾸준한 농촌인구 증가(도시인구 분산). 귀농인에게 제2의 생업

으로 활력을 갖고 새 삶을 누림. 도시의 외톨이에서 주민과 동화하며 농민이 되어 경작하는 체험에서 건지는 작품은 진정한 농민 혼이 깃들고 애환이 담긴 작품일 수밖에.

귀농일기 — 농약식중독

— 이성남

춘삼월
동네 마트 비닐 속 세발 채소
겉절이 농약 식중독
병원 투약 보름
한의원 두피頭皮 사혈
백회혈百會血 사혈까지…
유월에야 식중독 탈출했다.

농사짓는 농약 제초제
신선도 유지 비닐 속 약품처리
농민들 삼가라고…
유통업자 삼가라고…
먹거리 밥상 오염 물질로
병들어 고통 받는 서민들 보라고

116여름 농민문학

* 농약 쓰며 농사한 후유증을 그리면서도 어쩔수 없이 농약을 뿌렸지만 조심하라는 이율배반적인 양심의 갈등을 표출함

땡볕 아래서 — 보리타작

— 박희선

따가운 땡볕 아래
아버지와 아들이
좁은 마당에서
보리타작을 한다
키가 작은 아버지 도리깨가
보릿대를 왼쪽으로 몰고 가면
키가 크고 힘이 센 아들이
오른쪽으로 힘껏 되받아친다

　아버지가 땀에 젖은
　삼베적삼을 벗는다
　가슴에 골이 꽤나 깊다
　보리알이 거의 다 떨어질 무렵
　구릿빛 잔등 위에
　허연 소금기가 비치기 시작한다
　한쪽 다리를 약간 저는 어머니가
　두 되짜리 막걸리 주전자를 들고
　느티나무 주막에서 돌아오고 있다

주름진 배에 힘을 실은 아버지가
힘껏 보리대를 다시 두들겼다

저녁 무렵 마당 위로
까투리 한 마리가 날아간다
작은 꽃밭에서는
백일홍 몇 송이가 지켜보다가
두 사람에게 응원의 박수를 보내는데
가을 운동회처럼 신이 나질 않는다

<'14 영동문학 p.55>

* 얼마 되지 않는 깨를 떠는대도 온 식구(3명)가 나서야 되는 힘든 모습이 사실적 영
상으로 묘사됨 – 농민의 혼

  그런가 하면 귀농·귀촌하여 농사일을 일상화하며 주민과 동고동락
하는 삶에서 얻은 시조 한 수를 소개한다. 자칭 귀농했다는 펜션 주인
의 행태에서 저밖에 모르는 이기적 삶을 비판하면서도 어쩌겠나! 요즘
농촌에 젊은이가 없는데. 그들의 짓거리가 비위에 맞지 않아도 받아들
여 포용하면 세월이 약이라, 언젠가는 우리 동민이 될 일이니 하고 읊
은 것임.

신세대 농민

우명환

농촌에 歸農했다 요란떠는 자저보소
냇가옆에 팬션짓고 채소만은 가꾼다만
그런다 농민이런가 손톱밑이 깨끗한데

경운기 몰고가는 앞집영감 맘씨보소
마을사람 짐짝싣듯 가득태워 장날가나
언덕위 팬션車主는 바람인듯 스치는데

동네에 살면서도 오고가는 情이없고
여름철에 民泊치며 外地人만 상대하니
그래도 歸農人이라 귀농했다 큰소리네

하지만 어쩌겠나 세월가면 빈집늘고
젊은이들 歸農歸村 둥지치어 희망주네
그들은 新世代農民 洞民으로 同化하네

2) A형 - 고시조에서

'16년 이후 요 근래까지의 각종 문학지에서 찾아본 작품 중 유감스
럽게도 농민의 혼이 깃든 작품은 고사하고 농민 농촌 농경을 소재로
한 작품을 찾아보기 힘들었음. 다행 예의 위 작품을 찾았으나, 선조들
의 시조에서 오히려 그 혼을 더 엿볼 수 있어 여기에 싣는다. 고시조에
서도 전술한 것처럼 내용에 따라 A.B형으로 나누어 구분할 수 있겠다.

관직을 가진 선조들은 양반인 사회적 여건상 그들이 직접 농경에 참
여했다기보다는, 비록 작품에서는 그렇게 보일지라도, 하인들, 내지
농부들을 시키고 자기들은 감독, 독려하는 내용이 대부분이다.

그러나 순수하게 적극적인 농경의 삶을 타나내는 김굉필의 작품이
있어 살펴본다.

삿갓에 도롱이 입고 細雨中에 호미 메고
山田을 훗매다가 녹음에 누웠으니
목동이 牛羊을 몰아 잠든 나를 깨와다

*김굉필은 단종 때 형조좌랑직에 있다가 연산군의 무오사화로 賜死됨

비가 오는데도 도롱이를 걸치고 호미로 정신없이 산밑 밭을 여기저기 매다가, 얼마나 피곤했으면 나무 그늘에서 꿀잠을 잣을까. 소양을 몰고 지나가던 동네 애들의 소리에 깼다는 원망도 있음직한, 아주 실감나는 혼이 담긴 이런 시조가 현대의 우리 농민문학이라는 부문에 앞장 서 있어 의미있는 작품이라 본다.

일어나 소 먹이니 효성이 삼호로다
들으을 바라보니 黃雲色도 좋고 좋다
아마도 농가의 흥미는 이뿐인가 하노라

<김 진 태 고시조500선>

영조 때의 가인인 김진태는 누런 벼가 익어 가는 이른 새벽별 삼(사)오개가 아직 떠 있을 때 일어나 소를 먹이면서 그래도(힘들어도) 행복하다 노래하는 작품.

나 1) B형 — 현대 시(조)에서

1990년 대 초 전원주택 붐(boom)이 일면서 주거지가 도시 교외의 단독, 그것도 냇가 산에 있어 주민과는 불통, "나홀로"식 "외톨이 삶"을 누리면서 전통적 농촌 정서를 해치고 동네 규범을 무시하니 도리어 해악의 존재가 됨

그러면서도 조그마한 텃밭 가꾸는 것쯤을 자칭 歸農人이라 부르니 상식에 맞지 않는다고 본다. 왜냐면 엄밀히 말해 歸村人일 뿐 도시 생활에서 쌓인 Stress를 풀면서 대인 관계에 무심한 채 이렇듯 피상적 관조적인 삶을하니 거기서 나온 작품에는 농촌을 연상한 용어만을 나열 구사했음이 엿보인다.

감꼴

조규화

까치 몇 마리
홍시 쪼아 포식하고
깍깍 정적 깨뜨리면
곶감 주렴발 젖히고 내미는
늙은 얼굴 하나
누가 올려나 기다리는 듯
하늘 쳐다본다

곶감에 시설枾雪이라도 내리면
도란도란
호랑이 줄행랑 이야기로 꽃을 피우는
곶감골 내 고향

<'16 여름 농민문학>

* 농민문학의 틀에서 보면 시골(산골)적 정서인 곶감을 소재로 한 동화같은 속내도 들어남.

자연의 이치

강정식

풍년이 들면 값이 싸
많이 팔아 이득이 나고
흉년이 들면 비싼 값에
조금만 팔아도 품삯은 건지니
이런 이치 속에서
풍년이든 흉년이든 자연이 주는
혜택을 고맙게 여기며
흙의 부드러운 속살에
씨앗 뿌리고 묻어보세

<'16 봄 농민문학>

* 반복되는 농민의 현실적 애한을 그리면서 자연에 순응하며 지내자는 순박한 농심
  표현 작

2) B형 − 고시조에서

선조와 현종 때에 관직으로 있다가 광해군 때 상소로 인하여 13년간
유배당한 윤선도와 영·정조 때 사간원 및 병조참의로 있다 유배당한
정약용을 대표로 꼽을 수 있다. 이들은 유배 중 향민(농민)과 접하면서
그 실상을 잘 알고 있었을 뿐, 경작을 직접 하지 안한 채 농민 노비를
통해 농경을 독려 걱정 감독하는 등의 소극적이요 간접적 참여로 그
결과의 작품은 피상적 작품이다. 특히 정파 간에 더 이상 피해를 당하

지 않기 위해 대상을 무애무탈한 자연에 둠

특히 다산은 강진 유배생활 18년 동안 그 곳의 인후한 풍속에 근거한 사실작품이 많으나 감독형이 주 내용으로서 조선시대의 유배문학인 "탐진농가" "탐진어가"는 탐진(강진)의 농촌(어촌)생활을 나타낸 樂府詩로서 농민의 심리를 잘 묘사했다는 평이다

다만 직접 농사체험에서 나온 작품이 아니어 그 감명의 효과가 떨어짐이 약점이다

작품의 양이 많기에 옮기는 것을 생략하나 그 출처를 밝히니 참고바라면서 (「다산 정약용」 윤동환 저 p294-298참조) 남구만의 작품을 예로 든다.

동창이 밝았느냐 노고지리 우지진다

소치는 아희는 여태아니 니러나냐

재넘어 사래 긴 밭을 언제 갈려 하나니

＜한국고시고500선 강한영＞

*남구만은 숙종시 병조판서에 우의·좌의정을 지냈으며 「함경도 관찰사」로도 있었다.

언제 어디서 쓰였는지는 알 수 없으나 추측컨대 지방 관찰사로 있으면서 백성과 교류하게 되었을 때의 것으로 보인다. 전원생활을 하면서 관찰사로서의 백성 독려하는 민생형시조이다. 이런 부류의 특징은 종장 어미가 "하나니(하느냐), 하더라"의 어투다

제언(結語)

　요즘은 여행사 주도(주로NH)로 국내 농촌체험관광 또는 농촌 체험 마을 행사 등 다양한 일정이 있으나 이는 어디까지나 변죽만 울리는 행사이다 보니 그곳에서 농촌의 혼이 우러나 올리는 없는 일! 그런 면으로 보면 농촌문학이 감동이 없는 허상의 작품이 양산되는 것은 아닌지. 물론 귀촌귀농을 하지 않으면서도 머리로만 쓰는 작품도 나올 수는 있을 수 있다. 일반적으로는 그 속에서 나오는 것과 그 밖에서 나오는 작품의 농도가 다를 것을 두고 한 말이다. (끝)

六友堂을 둘러보며 (Sat. Apr 28, '18)

兄弟는 피붙이니 여섯아닌 하나니라

콩한쪽도 나눠먹어라 훈훈한情 사랑이니

六友堂 품은 堂號는 兄弟愛를 뿜어낸다

<여백의 글>

六友堂!

본명이 원록(源祿)인 이육사의 生家 堂號이다.

여섯 아들을 둔 아버지께서 붙인 숨은 뜻은 서로 간에 우애를 강조 하셨음일 터!

형제간의 우애와 사랑이 사람의 기본 도리임이니 "사랑을 주는 사람"이 되라는 소망이 담긴 당호라 본다. 이런 토대에서 성장한 육사이고 보면 '청포도'의 작품 속에서 풋풋하고 싱그러운 詩情이 묻어남은 당연한 일이 아닌가!

客집에서 一泊을 (Tue. Aug 7,'18)

서울역 大路건너 고층빌딩 즐비한데
背面도로 차도옆엔 여행객용 宿所있네
그옛날 紅燈街흔적 찾을길이 바이없군

게스트 하우스는 실속있는 客집인데
깔끔하고 친절하여 첫인상이 맘에드네
空間도 부족함없는 알뜰형의 숙소로군

아래위 이층침대 냉장고에 TV있고
살인더위 연일이나 에어콘이 돌아가니
집나온 하룻밤숙소 이만하면 天國일네

성님은 아래침대 아웃놈은 윗층잡고
마루바닥 구석에는 가전제품 놓였으니
조그만 살림공간에 있을것은 다갖췄네

막걸리 마신덕에 일찍자다 눈떴는데
테리비는 저혼자서 노래하고 춤도춘다
客地에 머무는客을 동무하며 위로하네

간단한 먹거리가 라운지에 갖췄는데
후라이에 식빵세쪽 우유부어 아침한다
서울역 지하철타니 이촌역이 바로닿네

<여백의 글>

　박물관협회 주관으로 용산에 있는 한글 박물관에서 연수가 있어 어제 이교수와 함께 서울에 올라왔다.

　국립중앙박물관은 그 앞에 있어 자연스레 작년 하반기부터 벌써 세 번째 들르고 있다.

　볼 때마다 느끼는 것인즉, 국립중앙박물관은 그 이름에 걸맞게 외관과 내관이 웅장할 뿐만 아니라 설계 또한 기막히게 된 것같아 감탄이 절로 솟는 걸작 그 자체라 여겨진다.

　도심 속 이련만 자연을 담은 숲이 있는 운치며 전면의 입을 닮은(口字형) 뚫린 공간을 통해 저 앞에 정면으로 빤히 맞닿는 남산 전체가 한 눈에 들어오는 것은 참으로 장관이요, 기발한 설계가 안겨주는 대한민국의 명예를 내건 자랑감이다.

　일박을 해야 하는 일정임에도 먼저 숙소를 정하지 않고 우선 출석에 늦지 않기 위해 뜨거운 아침 햇살을 밀짚모자로 막으면서 박물관 광장을 힘들여 걸어간다.

　금년 여름 온도는 날이 샜다하면 39·에 육박하는 끔직한 온도 상승에 '온열병'이라는 희한한 병명을 가져왔다. 혼잡한 서울의 대로가 유난히 한산한 아침 출근시간이다. 차도 사람도 견디어 내기 힘들어서 인 것 같다.

　허구헌 좋은 날을 어디에 쓰고 이렇게 더운 때에 연수라니 계획 설립

한 실무자가 원망스럽다 하면서 걷는다.

하루 일정이 끝나고 찾아간 곳이 서울역 뒤, 그러니까 동자동과 후암동을 잇는 배면도로이면서 남대문 경찰서 뒤편인 도로에 앙증맞게 있는 삼층의 노란색 건물, Guest House가 우리의 오늘 보금자리다.

게스트 하우스라 하면 한국을 찾는 외국인을 위해 부담 적은 비용으로 묵을 수 있게 차려진 숙수로만 알았는데 우리 내국인도 이용할 수 있는, 그래서 전 세계의 여행객 누구라도 이용할 수 있는 숙소를 오늘 내가 체험(?)하다니! 그저 신기하다는 생각이 든다.

네 평이 채 안 되는 one room인데 크기에 비해 가전제품에 샤워실까지 갖춰진 부족함 없는 방이다싶다. 우리 일상의 생활공간도 이렇게 간편하면 어떨까 하는 생각이 든다.

서울의 아침도 영동처럼 해가 일찍 뜨나보다. 아무리 높은 빌딩에 가려져 있어도 때가 됐는지 벌써 훤하다. 그렇거니 할 일이 없어 시간이 되어야 일어날 일이다. 게으름 피는 여유가 있어 특별은 하나 좋은 것은 아침을 먹기 위해 굳이 식당을 두리번거리며 찾아 나서는 청승을 떨지 않아도 된다는 사실이다.

아래층, 그러까 현관 입구 좌측에 있는 라운지(Lounge)에 공용 식탁이 있고 self로 해 먹을 수 있도록 식자재(?)가 다 갖춰져 있는데, 그것들이 무료이니 더욱 좋았다. 세상에나! 숙박비도 싼데다 (6만원이 채 안됨) 무료로 아침까지 주다니! 덕분에, 오랜만에 식빵으로 먹고 난 후 커피까지 내려 마시는 여유를 즐긴 다음 느긋하게 서울역으로 나갔다.

영동에서의 서울역이 아니고 서울역 앞에서의 서울역을 가는 일생 처음 가져보는 「편하게 서울역가기」였다.

대한민국 중앙박물관에 닿을 수 있는 이촌역도 코 닿는 곳에 있다.

어쩐지 '싱거운 상경길'로 하루를 여나 보다.

뿌리공원 (Sat. Apr 27,'19)

效문화 진작하는 장소되어 의미있고
姓氏유래 알려주는 門中들이 뽐내는데
우암의 史蹟공원과 脈을하니 뜻이깊다

姓氏의 根源되는 족보에서 뿌리찾고
계족산의 史蹟地는 효실천을 강조하네
大田은 효문화마을로 일컫기에 합당하다

<여백의 글>

「대전문화진흥원」 앞 작은 광장인 로터리에서 시내버스가 회차 하는데 종점이란다.

오늘 한국문학관 전국대회(제4회)가 열리는 곳이 코앞이다. 바로 옆에는 숙소인 「효문화마을」이라는 이름은 그 자체가 어느 마을(동네)이라는 인상을 주어 헷갈리게 했다.

교통의 접근성이 좋을 뿐만 아니라 자연이 쾌적하고 풍광 또한 그만이다.

앞에는 유등천이 넉넉한 수량을 담고 있어 여유롭고 평화로운 인상을 준다.

밤이 되니 숙소에서 바라보는 유등천변의 야경이 가관이다. 낮에 본 뿌리공원 전체가 환상적인 야경공원으로 변했다.

우암史蹟 공원 (Sat. Apr 27,'19)

우암의 魂과靈이 깃들은곳 南澗精舍
花山자락 자리잡은 사적공원 명소로다
기국정 宋子大全은 팔만경판 닮았습니다

嶺南에 퇴계있고 湖西에는 우암있네
합천에는 大藏經板 大田에는 大全있네
영동과 이웃인데도 오늘에야 알았습니다

<여백의 글>

조선후기 정치 사상계의 거목 宋時烈(선조40~숙종15)이 제자들을 교육했다는 별당형의 서당인 남간정사, 그의 문집을 목판에 새겨 보관한 기국정이 대전의 계족산 자락인 풍치 좋고 아늑한 화산에 있는 우암사적 공원은 명소임에 틀림없으련만, 어찌 이제와 알게 되었는지 부끄럽다.

우둔한 소견으로는 퇴계가 안동의 상징이듯이 송시열은 대전의 상징이요 호서의 상징으로 높이 솟아야 할 것 같다는 생각이 든다.

뿐만 아니라 합천에 8만대장경이 있다면 대전에는 「송자대전」이 있다는 것도 내세워야할 일이다.

오백나한 (Sat. May 18,'19)

衆生을 인도하기 나한인들 힘안들까
강한돌에 喜怒哀樂 그속에서 숨을쉬네
내맘에 그들있으니 그들안에 나있겠네

<여백의 글>

불교의 깨달음을 얻은 수행자인 나한(羅漢)은 중생을 그 길로 인도하는 사람이라 한다. 그래서 남다른 그들을 "존경받을 만한 사람"의 뜻을 품은 아르하(Arhat)에서 변전된 "아라한"의 말이 "나한"이라 불리어진 것이라 한다.

영월의 창령사 터에서 2001년에 발굴된 五百나한이 이번에 국립중앙박물관에서 전시되고 있는 것을 운이 좋았는지 행사가 있어, 이참에 본 것은 참으로 인상이 깊었다.

단단하고 강한 돌에서 어쩌면 중생의 표정이 그리도 잘 표출되어 나오는지! 그야말로 삶에서 울어나는 희로애락의 모든 감정이 각양각색 담겨있다. 그들의 표정이 바로 나의 삶 자체임을 본다. 투박하면서도 가식이 없는 표정은 곧장 친밀감으로 다가온다. 세계인에게 감명을 줄 우리만의 작품이라 본다.

3부 現世에서 못 뵐거면

변해야 산다 (Sun. Mar 1,'15)

退水에 소금젖어 스멀스멀 녹는구나
세월흘려 변하는데 司祭恭卿 안변할까
한데도 맞는말이나 내가슴이 답답하다

사제가 부임한지 삼년세월 흘렀으나
냉담신자 환자방문 사목방문 아니할까
사목회 親交자리는 한달만에 갖는도다

公所가 쇠퇴하니 本堂活力 잃어가나
주일미사 텅텅비고 不協和音 들리나니
공동체 번영쇠락도 無常하다 하리로다

나이든 신자들을 관심갖고 대하였나
했는데도 미사중에 험악한말 듣나이까
사제가 변해야산다* 않고서야 어찌한다

* '산다'라 함은 우리 천주교회의 외적내적 부흥을 말함

<여백의 글>

"여보, 신부! 이래도 되는 거요?"

항의성 불평이 어느 구석에서 나올까 봐 조마조마한 적이 있었다.

80년 대 하반기 까지만 해도 대도시의 성당에서 조차 여름이나 겨울에 히터, 에어컨 시설을 갖춰 신자들의 주일 미사를 편하게 한데는 흔치 않았다.

만원으로 차고도 자리가 없어 뒤 출입구 근처에는 늘 서 있는 신자들로 발 디딜 틈이 없던 때라, 겨울철에는 서로 밀착된 체온으로 냉기를 이겨내는 데에 도리어 도움이 되었으나 여름에는 앞 사람의 목덜미에서 나는 땀냄새로 불쾌감이 일 정도였다.

자리도 없이 꼬박 한 시간 이상을 미사 내내 서 있자면 아무리 젊은이라도 허리힘이 빠질 밖에. 한데도 그런 것쯤은 모르쇠로 긴긴 강론이 이어지니 이유인 즉은 핵심을 못 찾고 빙빙 겉돌며 곁길로 빠져 그런다는 것쯤은 강론하는 당사자는 몰라도 듣는 신자들은 다 알고 있는 일!

그래서 나오는 불만이 "어찌 우리 신부님들은 하나같이 강론들이 개신교 목사들처럼 감동적이질 못하느냐?"는 것이다.

그런터에 "여보, 신부…"하며 불평을 한다면 어찌될꼬! 그런 불상사(?)가 발생하지 않으리란 보장이 있는가?

각설하니, 오늘 주일 미사에서 있었던 참담한 일! 파견 전, 그러니까 공지사항 시간에서다.

우리 본당에 지하실을 만들어 식당을 비롯해 다목적 장소로 만든 공사를 비롯하여 주차장 확장과 화장실, 취사장등 큰 일을 지난해 11월에 끝내고 성탄절 기쁨의 축하 잔치를 새 공간에서 벌렸으니 몇 달이 지난 지금에서다.

그간 결산공지를 하지 않고 있던것에 대해 대여섯 명의 신자들이 총회장에게 말한 것이 신부님께 들어가 오늘 교중미사에서 밝히는 과정에서다.

몇 개월이 지난 일을 지금 와 거론된다는 사실이 신부님 맘을 상하게 했는지, 엊저녁 토요 미사에서도 그에 대해 거론했고 또 오늘 같은 내용을 밝히자니 그 과정에서 좀 격해졌나보다.

그러기에 나온 말 중에 "떼거리로 몰려다니면서…"라는 표현을 댓 번 하신다. 나는 기분이 언짢아 눈을 감고만 있는 중이다. 한데 뒤쪽에서 "신부님 그 너무 하시는 말씀 아녜요? 떼거리라니요 떼거리가 뭐예요 떼거리가"

거침없이 이어지는 항의에 곧바로 서너 명이 거든다. 그야말로 "떼거리"이다 심지어 박수까지 터진다. 이러다 보니 분위기가 뒤숭숭하다.

나는 차마 제대 쪽을 바라볼 용기가 나지 않았다. 민망해서다.

기어이 터질 것이 터진 것이다. 오늘도 25분이 넘는 강론에 이어 다시 장황하게 해명 아닌 훈계까지 곁들여 구두 결산(?)을 하니…

끝맺음을 정확히 못한 불찰을 말하고 늦었지만 빠른 시일 내에 결산을 하여 공지하겠노라 하시면 좋았을 일이련만…

요즘 사제들의 편향된 처신으로 가톨릭이 사회로부터 호감을 잃어 얻는 것보다 잃는 게 더 많음을 피부로 느끼지 않는가!

그 결과는 사제 불신으로 이어져 공경심이 떨어지고 신심마저 약해지며 냉담자가 늘어나고… 주일을 지키는 비율이 고작 40% 수준이라니 이 참상을 어쩔꼬! 상황이 이러니 새 예비자 입교시키기가 얼마나 어려운 일인가.

이런 기막힌 현실의 책임이 어느 쪽에 더 큰지는 상식으로도 알 수 있는 일이 아닌가.

그래서 신자들과 교회가 겉돌고 있는 것이다.

「순명」이라는 말로 호도되어 통하는 시대가 더 이상은 아니기 때문이다. 신심의 문제이기 이전에 이성의 판단이 앞서는 세대이기 때문이다.

예수께서는 실천은 아니하고 말만 하기 좋아하는 율법학자 바리사이(Pharisees)들을 두고 "그들이 말하는 것은 실행하고 지키되 그들 행실은 따라 하지 말라"(마태 23,3) 하셨으니 실천않는 그들을 "닮지 말라"는 것이리라. 이 말씀이 결국 누구에게 먼저 되돌아가야 할 일인가, 요즘 같은 安住하

는 사제상에서

　웅성거리는 소리가 아직도 이어지자 몇몇 신자들이 자리를 떠 나간다. 그 장면을 빤히 보던 사제는 가까스로 맘을 추스렸는지 서둘러 마침예식으로 들어간다. "…성부와 성자와 성령께서는 여기 모인 모든이에게 강복하소서!"

　고개를 숙이며 "아멘"하는 응답을 하면서도 "여보, 신부! 이래도 되는거요?"라는 우려의 항의가 마침내 현실로 다가온 세태를 겪고 있으니 씁쓸하기만 하다.

다락꼴 聖地巡禮 (Sun. Apr 17,'16)

다락골 재에서니 赤松들이 울창하고
밝은달빛 품은 듯이 포근하고 아늑한데
저아래 다랭이논에 포장도로 기어온다

새터에 빈주춧돌 온갖 喜恨 서려있고
순례객들 오며가며 당신들을* 묵상하네
이곳에 뿌린씨앗이 오늘에서 成木이다

다락골 老松그늘 희뿌연한 어둠뚫고
處刑시신 운구하여 몰래수습 무덤쓰니
기막힌 줄무덤사연 三十七基 이뤘도다

無名의 순교자묘 초라하고 貧弱하나
全國에서 순례객이 당신들을 참배한다
그들이 드리는贊美 영광위로 받으소서

先祖들 옹기구며 延命하니 구차하나
共同體로 행복하다 주님세상 누리는데
기어이 이곳까지와 칼바람을 부렸더냐

崔養業 토마스의 유해물품 바라보며

칠천리길 누비면서 걸어온길 묵상한다

당신은 땀의 殉敎者 한국판의 파울이다

* 최양업 신부의 아버지 최경환(프란치스코)성인과 어머니 이성례(마리아) 그리고 7
명의 아들들이 태어남

<여백의 글>

「다락골」이란 「달을 안고 있는 골」이라는 뜻에서 유래되었단다. 이곳
에 새터와 줄 무덤이 오늘 우리 공동체가 찾은 성지이다. 처음으로 가는
우리 본당 차원의 대형 순례이다. 버스 4대로

내가 이곳에 온 이후 처음 갖는 행사이니 분명히 17년은 넘었을 일이다.

지금이니까 그렇지, 옛날의 박해시대에는 아무도 찾지 않는 지독한 오
지였음을 알 수 있었다. 줄 무덤이 있는 재에 서서보니 저 아래로 다랭이
논이 있고 그 아래로 포장은 됐으나 폭 좁은 차도가 그랬을 것임을 보여
준다. 참으로 정이 가는 곳, 달이 머물렀을 성 싶은 곳이다.

내가 사는 상촌은 이 보다 더 산골이나 그렇게 느껴지지 않는 이유는 2차
선의 차도가 넓게 있어서 그런 것 같다. 그래도 나는 성지가 있고 산골 맛이
나는 이곳에서 지냈으면 하는 생각이 들었다. 순례객들을 인도하면서…

이곳 무명 순교자 묘위로는 후손들의 묘가 비석을 세워놓고 훌륭하게
가꾸어 떡하니 버티고 서 있다. 첫 눈에도 잘 둔 훌륭한 순교자 선조 덕분
에 그 후광을 절로 누리고 있어 보인다. 그런데도 묘비에 세례명이 없는
걸 보니 선조들께 염치없는 부끄러운 후손이 됐구나 싶었다.

<쉬며 읽는 글>

화목이 家和萬事成이란 말이… (Wed. Apr 20, '16)

— 요셉을 멘토(mentor)로 삼는 공동체가…

요즘 산야는 싱그러움 그 자체다.

흐드러진 꽃들이 지더니 연이어 돋아난 초록 잎. 樹種을 불문하고 퍼져나는 싱그러움은 보는 이의 맘을 맑게 물들인다.

지금은 자전거 타고 나다니기에 딱 좋은 계절이다. 배터리의 힘으로 가니 힘들이지 않아도 되는 교통수단이라 좋다. 그냥 운동 삼아 페달을 밟을 뿐이다. 그렇게 오며가며 주위를 보는 여유가 그만이다.

실바람에도 논의 벼 잎들이 일렁거리며 율동을 한다. 아하, 저게 화합이로구나! 식전 이른 아침에 마당가에서 듣는 작은 새의 청아한 노래에서 숲속의 조화를 본다. 연못에서 노니는 치어들은 어찌나 민감한지 3.4미터의 전방인데도 어찌 알고 끼리끼리 떼 지어 달아난다. 그러기에 물총새로부터 먹히지 않고 살아남나 보다. 참으로 신기하다. 절대로 혼자 이탈하는 녀석이 없다.

동질성에서의 단합과 질서를 본다.

못생긴 개구리나 맹꽁이가 내는 각자의 소리는 단조롭고 투박하나 함께 어울리면 가히 훌륭한 화음이요 하모니를 이룬다.

자연을 보면서 사색을 하고 조화로움을 찾는다. 그러고는 조화가 화합이요 화목이라는 결론도 낸다.

자연을 대하면 기분이 좋고 평온해 진다.

자연에 묻히면 엔도르핀(endorphin)이 나온다고 한다. 이는 우리의 정신건강을 치유해 주어 밝고 긍정적이며 적극적으로 우리를 끌고 간다.

우리의 사고를 긍정적으로 갖게 하니 이웃과 사회가 밝고 조화로울 수밖에. 직장에서 일의 효과가 높아지고 생산현장에서의 공정률이 상승된다.

이 모두는 자연에서 터득할 수 있는 화합과 조화의 결과에서다. 그러니 둘레길이나 자연치유 숲이 자꾸 생겨나는 것이 사치는 아니다. 필요에서 조성되는 것이다.

이쯤에서 화목을 짚어본다. 대인 관계에서의 화목, 특히 신앙 공동체에서의 화목도 서로 간에 상대가 있으니 이것이 문제다.

아무리 받는 것보다 주는 것이 기쁜 것이라 해도, 또 내가 바라는 바를 상대방에게 그렇게 해주어라(마태오7,12 참조)고는 하나, 상대방도 이런 뜻을 따르는 경우라면 좋은 관계를 이룰 수 있지만… 그런다면 지금이 바로 지상천국이련만. 그러니 이런 화목한 관계를 이룰 수 있는 방법을 찾아야 한다. 그게 바로 솔선수범이 아닐까?

경험으로 보면 공동체 안에서도 책임자들이 솔선수범하는 경우와 그렇지 않는 경우와는 공동체의 활력이 다르고 일의 효과도 다름을 본다.

책임자가 솔선수범을 보이면 교우들 서로가 적극적으로 어울리어 청소를 하고 풀을 뽑으나, 그렇지 않고 책임자가 바쁜 채 하며 다른 일을 하면 공동체의 작업 효과가 반감될 뿐만 아니라 화목도 깨진다.

여기에서 구약의 창세기에 전개되는(37,5) 요셉의 생애가 우리에게 화해와 화목을 본받게 하는 내용이라 여기어 차제에 이를 다시 짚어 본다.

요셉하면 "꿈쟁이"의 대명사로 떠오르는 인물로서 화해의 달인(expert)이요, 화목의 멘토르(mentor)이다.

열일곱 살이니(창세기 37,2) 철이 들었으련만 어느 날 형들을 제압하는 곡식단의 꿈(창세기37,7)을 눈치도 없이 떠벌린 게 화근이 되어 미디안 상인들을 통해 이집트로 팔려가는 신세로 전락한다.

가까스로 목숨을 건진 요셉은 왕궁에서 파라오의 꿈을 정확하게 해몽해 주었고 성실하여 마침내는 왕이 부럽지 않을 실질적 권력의 일인자 위치에까지 오른다.

여기까지 보여준 요셉의 행로는 하느님이 섭리가 늘 그에게 작용하고 있었음을 우리는 알 수 있다.

드디어 요셉의 꿈 해몽대로 기근이 들자 이를 견디지 못해 자기 형들까지도 양식을 사러 이집트의 요셉에게 찾아온다. 이에 자기의 혈육인 형들임을 알아보면서도 짐짓 모르는 척 하며 전개되는 장면에서부터(창세기42,7 이하) 그의 화해와 화목이 본격적으로 잘 드러난다. (그걸 찾기 위해 이렇게 장황하게 기술한 것이니 이해해주시기를…)

요셉은 형들이 자기를 팔아넘긴 일을 원망은커녕, 자기네 일가가 이렇듯 궁지에 처했을 때 하느님께서 구원해 주시려고 자기를 형들보다 앞서 보내셨으니, 이게 하느님의 섭리라 말한다.

이는 형들이 갖고 있을 불안, 초조, 죄책감, 무안함 등으로 쥐구멍이라도 있으면 들어갈 처지에 있는 면구스러움을 배려한 말이니, 형들이 무슨 말을 달리 하랴!

자신이 피해자(?)인데도 도리어 가해자(?) 형들에게 건넨 배려의 맘

가짐에서 나오는 화해. 그리고 나서야 형제간에 나눈 해후. 그간 가족에 대한 쌓이고 쌓인 그리움이 일시에 풀어지는 눈물겨운 장면의 연출!

이제 아버지 야곱을 포함한 70명의 (창세기 46,27) 대식구가 풍요로운 초원이 있는 고센(Goshen)에 정착한다.

야곱은 그곳에서 147세(창세기 47,26)의 장수를 누렸으며 요셉은 조카들까지도 돌봐주는 배려로 온 일가를 화목하게 했으니, 화목이 "家和萬事成"이란 말이 요셉 일가에서 이루어 졌도다.

우리는 요셉을 멘토르(mentor)로 삼아 공동체가 화해하고 화목해지기를, Amen!!

<참 소중한 당신> 2016.6月号

"성탄을 축하합니다" (Sat. Dec 24,'16)

이는 교우들끼리의 인사말이다.

성탄 때나 부활 때에 서로 나누는 인사말이다.

'성탄(부활)을 축하합니다,(축하드립니다)'

이런 축하 인사를 받으면 뭔가 이상하다 싶어 고개를 갸우뚱해 한 적이 있다. 내가 축하받을 그 주체도 아니려니와, 특별한 은혜를 받은 것도 아닌데, 어째서 그런 인사를 받게 되는 걸까?

그런 인사라면 감히 내가 받을 것이 아니라, 주체인 예수님이 받으셔야 할 일인데…

그런 생각을 갖게 된 후로는 주님께 돌려야 한다는 뜻으로 '합시다.'(드립시다.)를 붙여 "성탄을 축하합시다."라고 만들어 낸 인사법으로 건넸다.

나름대로 논리적으로 개발한(?) 인사말이라 여기며 써온 지 삼년이 된 금년에 이르러 나의 개발 작품이 실패작품임을 자각하고는 내심 부끄러웠음을 고백한다. 어째서일까?

물론 축하를 받으셔야 할 주체는 예수님이시다. 그렇다고 미사가 끝난 후에 성당 문을 나서면서 "성탄을 축하합시다."라는 권유의 인사도 어긋난 인사이다. 왜냐면 이미 계속 교중과 함께 아기 예수상 앞에서 찬미, 감사, 축하 등 온갖 뜻을 담은 기도를 바쳤고 미사 중에도 찬양을 하며 축하드렸기 때문에 밖에 나와서는 교우 간에 축하의 인사를 나눔이 더 마땅하다고 보기 때문이다.

성탄(聖誕)의 뜻은 "성스러운 예수님 탄생(The Birth of Holy One)"을 뜻한다. 성현이라 일컬어지는 그 누구에게도 "낳은 날"을 말할 때 "탄(신)일"로 쓰이지 "성탄(일)"이라고는 안 쓰이는 것을 보면 예수님에게만 쓰이는 전매특허(?)가 아닌가!

왜 그토록 성스러운 예수님께서 세상에 나셨을까? 아니, 왜 하느님께서 예수님을 내 보내시어 어떻게 하셨기에 거슬러서 그 분의 탄생을 일컬어 성탄이라고 불릴까?

하느님은 왜 예수님을 인간 세상에 태어나게 하셨을까?를 묵상해 보면 전래의 인사말이 옳다는 것을 알 수 있다.

성경은 죄속에 떨어진 인간을 구해주시기 위해 예수님을 보내셨다고 알려준다.

이사야 예언서(40,3)에서는 이미 예수님 오심을 알리고 있다. 이 때 단서가 붙는다. 회개해서 성령으로 세례를 받고 새로 태어남이 우리가 죄에서 벗어날 수 있다고 강조한다(마르코1,8)

그러면서 "하느님의 어린 양이 저기 오신다"(요한 1,29)고 예수님을 지칭했다.

우리는 이미 세례를 통해 천주교 신자가 된 사람들이 아닌가!

예수님의 탄생 의도에 맞게 우리는 자격이 갖추어져 있어 죄에서 벗어나게 됐으니 이 어찌 기쁘고 축하받을 일이 아닌가!

그래서 "성탄(부활)을, 축하합니다.(축하드립니다)"라고 건네는 인사말 속에는 1차적으로 상대방이 죄에서 벗어나 깨끗해졌으니(예수님 탄생의 원인으로) 축하 한다는 것이요, 2차적으로는 그 상대방이 나에게 건네는 인사 또한 그런 뜻이니 결국 그 축하인사를 받게 되어 "주고받는" 기쁘고 복 받을 인사가 되는 셈이다.

우리는 모름지기 "성탄을 축하합니다(축하드립니다)라는 말속에는 선인들의 현명한 교리적 인사법의 뜻이 담겨있음을 알고, 사정없이 서로 간에 이 인사로 축하를 나눌 일이다.

<쉬며 읽는 글>

죽음에 대한 묵상 (Man. Jan 3,'17)

자별하게 지내온 친구 병오의 죽음이 목전에 와 있음을 보고 새삼 죽음을 묵상해 본다. 대저 인간이 한 처음에 창조될 때 하느님의 숨결을 받았는데 그 숨을 영혼이라 한다 했다. 그 숨이 육에 들어오면 그 육이 살아 있는 한 이 세상을 함께 살아간다.

하느님께로부터 온 영은 그분께로 이어진 채 그 정신(마음)속에 있는 핵심, 즉 정신 중의 정신, 核인 셈이다. 우리가 살아있는 생전에는 정신(마음)의 영향을 받아 그 정신이 맑고 온전할 때에는 영과 소통할 수 있다. 이러한 사람은 죽음에 처한 사람의 혼불(영)이 떠나감을 볼 수 있다.(「혼불」 실화 참조)[*1]

조물주에 이어진 영은 그분께서 거두어 가는 것, 즉 육으로부터 분리되어 그 분께로 되돌아감(거두어 감)을 우리는 죽음이라 한다. 이제 죽음과 연관된 예수 부활. 승천 제1심판(사심판). 천국. 지옥. 세상 끝날. 재림 제2심판(공심판) 제2천국(지옥). 부활(인간)의 순서로 묵상해 본다.

죽음 뒤에 전개되는 일에 대해서는 경험을 해본 누가 있어 말해 준다면 속 시원하련만, 한번 죽으면 그 뿐, 살아난 사람이 없으니…

그러니 죽음 뒤의 일에 대해 말하자니 그 불확실에 답답할밖에.

따라서 이에 대한 답은 신앙에서 찾을 수밖에 없는 성질이다. 물론

무조건적인 믿음이 아니라 상식에도 모순이 없는 합리적이어서 믿게 될 일이요, 더불어 성경을 알고 내용을 믿기까지 하는 것을 전제로 해야 될 일이다. 다시 말해 예수 존재도 성경도 안 믿는 사람에게 아무리 설명을 해도 사후 세계를 이해하기 힘들 것이다.

여러 제약을 줄이기 위해 예수 부활, 승천까지는 Non-stop으로 통과 하겠다. 성경 믿는 자체가 이미 답이 해결되었으니까. 그렇다고 여타 문제도 그런 식의 방법으로 한다면 다 해결될 일이 아닌가! 그렇긴 할 일이다. 그러나 그렇게 말하면 이 또한 논쟁은 이미 끝난 일이니 말도 안 되는 쑴소리이다. 또한 거기에는 많은 납득키 어렵고 이해 불가한 사실이 도사리고 있어, 궁금하니 진지하게 그러면서도 간략하게 짚어보자.

「히브리서 9,27」에서 Paul 사도는 사람이 한번은 죽게 마련이고 심판을 받게 된다고 했다. 이제 심판을 살펴보자. 각자는 죽은 후 곧바로 생전의 행적을 심판받는데 이것이 첫 번 맞는 제1심판(사심판)이다.

그 결과에 따라 당신 곁에 두기도 하고(천국) 반대로 악행을 저지른 자에게는 지옥에 넣기도 한다. 그런가 하면 법 없이도 살아가는 사람이지만 한 영혼이 곧바로 천국에 간다면 어패가 있는 일, 왜냐면 그들에게도 원죄가 남아 있고 하느님께서는 공평정대하시니까 예외 없이 그들도 심판대에 세우실 일이기 때문이다.

그리하여 일정기간 그들 영혼을 정화시킨 후 천국으로 가는데 그렇게 하는 정화소를 苦聖所(The Purificatory)라 하는데, 이 교리는 개신교에게는 없다고 한다.

이쯤에서 예수님의 부활 승천사건을 짚고 넘어가 보자.

예수님 부활이 왜 필요했을까?

첫째 사람에게 죽음은 끝이 아니라 다른 세상이 있다는 희망을 보여 주심이다. 이는 세상 끝 날에 재림하신 예수님께서 공심판을 통하여서다.

두 번째는 제자들에게 당신에 대한 믿음을 확실하게 심어주시기 위함이다.

예수님께서 부활하신 후 곧바로 승천하셨다면?

사람들과 제자들이 오늘날 같은 교회를 통한 믿음 공동체의 싹이 생겼을까? 하는 생각을 해본다. 구약 및 신약의 복음서를 되새겨보자. 하느님께서는 우리 인간의 눈높이에 맞춰 주심으로써 우리 어리석음을 일깨워 주신다.

마리아를 통한 예수님 즉 성자를 탄생케 하신 것을 비롯하여 인간을 죄에서 구해내기위해 십자가상에 희생 제물로 바치신 것도 다 눈에 들어나는 방법으로써 인간을 배려하심임을 알아야 한다. 즉 구약 시대에는 권능자 하느님께서(성부) 직접 인간을 대했으나 차츰 죄에 무감각해가는 인간의 하느님 대하는 태도를 바꾸기 위해 방법을 혁신하신 것이다. 더 이상 죄에 빠져드는 것을 막기 위해서이다. 이에 눈에 보이는 예수(성자)를 내세워 세상을 죄에서 구하게 하셨으며 여기서 하느님 사랑을 볼 수 있다.

인간이 부활을 믿게 한 방법은 무엇인가?

어리석은 인간의 눈높이에 맞추기 위해 부활후의 변모를 보여주심

으로써 부활을 믿게 한 예를 보자

베드로, 야고보, 요한이 보는 앞에서 예수님은 구약의 먼 선조인 엘리야, 모세와 함께 눈이 부시도록 흰 옷 입은 상태로 예수님이 담소하고 있는 장면을 보여 주셨다. 소위 "예수님의 거룩한 변모"(마르코 9,2~8. 마태오 17,1~13, 루가 9,28~36) 부활 후의 모습이다.

예수님과 우리의 부활방법은 같을까?

그렇지 않다. 왜냐면 예수님의 부활은 육신이 그대로 살아난 당신 능력으로 한 자력부활이지만 우리의 부활은 이미 썩은 몸인데, 즉 영만이 하느님 곁에 있으니 영의 부활이요 하느님 조력에 의한 他力 부활이다.

예수님께서 세상 끝 날에 재림하시는데 그때 우리보다 먼저 죽은 자의 영이 부활한다했다. 고린도전서 1장에서 바오로 사도는 부활한 몸을 이렇게 설명하였다.

첫째 '썩지 않을 육신'으로 살아(고린도1서 15,42~44) 영광스럽고 강한 자로 다시 살아난다고.

하느님께서는 하늘에서 무엇 하시는가? 손 놓고 있는 것인가?

천만에다, 물건을 만들고 공장을 세운 기술자나 공장장은 설비한 것들에 대해 사후 점검을 하며 불량품 예방을 위해 불철주야 가리지 않고 관리 하거늘, 하물며 우주를 창조한 사랑의 조물조 당신께서야 어련하시겠나? 그러니 손 놓고 무관심으로 계신다는 것은 천부당만부당이요, 시간의 개념 없는 상태에서 역사하고 계신다.

재림은 언제 이루어지는가?

답은 "세상 끝날"에 재림하신다.

즉 '그 끝 날에 세상에 없던 무서운 종말의 표징들이 갖가지 방법으로 나타나고 그때에 하늘의 아들이 올 것(재림)이다.'라고 복음서 여러 곳에서 말해주고 있다.(마태오 24,29. 요한5,25 루가21,25이하. 베드로2서 3,9이하. 고린도 1서 15,51 데살로니가 1서 4,13 마르코 13,24)

특히 마태오 25장 31절 이하에서는 영광스럽게 오신 예수님께서 바로 산자와 죽은 자의 최후 심판하시는 장면이 우리 눈앞에 사실적으로 그림처럼 펼쳐지고 있다. 또한 데살로니가 1서의 4장 13에서는 공심판 때에 받을 순서를 말해 주신다. 죽은 이들이 먼저 살아나고, 산 이들이 그들과 함께 하늘에 구름을 타고 올라가 영광스럽게 주님을 뵙는 다고.

여기서 생기는 의문이다.

이때의 공심판에서는 산 이들을 (심판 없이) 모두 주님 곁으로 간다 했는데 납득이 안 간다. 또 사심판에서 벌 받고 있는 자들의 구제 방법이 기술되지 않은 것을 보면, 그 영혼은 계속 영벌 속에 있게 되나 보다.

이상으로 보면 재림은 세상 끝 날에 산사람들은 심판 없이 죽은 자의 심판을 통과한 자들과 함께 하느님 곁으로 간다고 했으나 그럴 리는 없고 당신 곁에서 심판을 받아 지옥에 갈 영혼은 生死者(마지막 죽은자)의 지옥영혼과 함께 합류되어 영벌을 받을 것으로 본다.(제2심판―공심판 때)[*2]

그래야 시대를 초월해 편견 없이 공평정대하게 심판하시는 것이 되니까(사도행전 기도문 참고)

의문점 , '先死者들의 영혼이 공심판 때 산자들과 함께 하느님 곁으로 간다.'(데살로니가 1서 4,13)했는데 그 때까지의 수많은 세월 속에서 그 영들이 어디에 머물다 공심판에 나와 심판을 받는지?

굳이 예수님의 재림이 필요한가?

당신은 주님이시니 장차 세상을 관장하기 위해 즉 전능자의 권능을 떨치기 위해 재림하셔야 할 일이지만 우리 인간은 각자 죽은 후의 심판(제 1심판 — 사심판)에 따라 천국 지옥 벌을 받으면 그것으로 끝날 일이지, 구태여 우리를 세상 끝나는 날에 두 번 째의 심판을 받게 하시며 부활까지 시켜 주신다 하는지 좀 갸우뚱 해진다.

부연하거니와 재림은 당신만이 하셨으면 됐지, 우리 사람은 이미 제1 심판 때에 결정됐으니 그것으로 사후의 영혼불멸과 영적세상이 현세의 지금 우리와는 차원이 다른 제2의 영생을 누리기도, 영벌을 받기도 하는게 아닌가! 그래도 바로 인간의 부활이 필요한건가? 라는 의문이 생긴다.

이런 면에서는 육신의 부활을 믿지 않는 사두가이들(Sadducee)의 견해와 공감함을 실토한다. (영적인 부활만 하면 됐지.)

사실 어느 면에서는 부활을 믿지 않는다기보다 인간이(을)부활할 (부활시켜 줄) 필요성이 없다고 해석해야 정확할 것 같다.

육은 한번 끝나면 그게 끝이듯 영혼이 한번 심판을 받고 각자의 영적 삶(천국, 지옥)을 누리면 됐지, 그리고는 계속해서 각자 죽을 때마다 사심판을 받으면 될 일이 아닌가, 그래서 제2의 공심판은 필요 없을 것 같다는 생각이 든다.

이것은 어디까지나 가톨릭의 교리와는 관계없는 내 개인의 묵상일 뿐이다.

산사람이 사후 세상을 말한다는 자체가 당치 않은 일이라 본다.

이상의 묵상을 그려보면 다음과 같다 하겠다.

*1

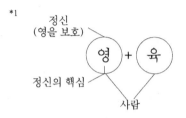

*2

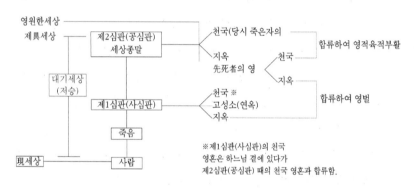

〈現세상(이승)에서 永生세상(제異세상)까지의 개념도〉

안젤루스도미니 (Angelus Dominie)
어린이 합창단 본당공연 (Sun. Jan 22,'17)

새벽에 찾아온손 힌옷입은 白衣천사
은빛세상 幻想이요 합창화음 天音이다
淸蘭에 구르는소리 맑고맑아 곱디곱다

手話에 표정까지 어울리는 어린천사
험난한곳 땅끝까지 누비면서 公演한다
왜이리 눈물이날까 맑은心性 보아서다

　고맙다 어린단원 이어가라 꼬마천사
　청주교구 희망이요 우리신앙 기쁨이니
　恩寵을 듬뿍주소서 안젤루스 천사에게

　앵콜을 받아주나 아쉬움만 주는천사
　본당설립 六十週年 금년시월 맞이하니
　그때에 祝賀公演을 다시한번 우리에게

<여백의 글>

4주 전부터 우리 주보에 나는 記事다. "안젤루스도미니 본당방문 공연. 1월 22일 미사 중"

신부님께서 특별 초대한 새해맞이 공연이다.

한복에 전구 촛불을 든 서른한 명의 어린 천사 단원들이 신부님의 강론 시간이 되자 아래층의 제대 앞으로 내려온다.

이미 이들 어린이들은 2층의 성가단석을 차지하고 입당송부터 화답송까지 바쳐왔다.

밤새 눈이 내려 전국이 은세계 속에 꽁꽁 맹추위이는 추운 날씨이다.

어린이들은 청주에서부터 안전 운행을 위해 신경을 곤두 세운 채 고속도로를 달려온 진귀한 손님이다.

어린 꼬마들은 얼굴 생김이 제 각각이다.

영리해 보이는 층이 있는가 하면 조금은 아둔해 보이는 층이 있고 키가 작은 층이 있는가 하면 中1 학년 쯤 돼 보이는 큰 학생도 두세 명 있다. 비록 불협화음인 것 같은 외형이지만, 그들이 부르는 특송에서 나오는 화음은 하얀 쟁반위에 담긴 청자에서 돋아난 청란 잎을 또로록 구르는 맑은 물방울이 떨어질 때 부딪쳐 나오는 화음이지 싶다.

박수가 터지고 "앵콜, 앵콜"을 재촉하니 앉아 있던 합창 대열에서 하나씩, 둘씩, 셋씩… 좌우 대칭으로 짝지어 일어서며 수화를 곁들인다.

마침내 그렇게 모두 일어선 단원들의 수화와 율동은 이미 안젤루스라는 이름에 걸 맞는 천사였다.

그들은 새벽 눈 위를 살포시 내려와 동녘 하늘에 퍼지는 햇살 따라 지금 성당 안으로 들어온 천사들임에 틀림없다.

세계를 정화시키고 어둠을 밝히는 평화의 使者, 그들이다. 한국어도, 영어도, 일어도…중국어도 이 세상의 어느 언어도 필요 없는, 세계의 공용어이며 천사의 언어인 수화로 지금 평화의 노래를 부르고 있다.

너무 고맙고 대견하고 자랑스럽다.

그들의 수화 동작에 왜 이리 내 맘을 울려 눈물을 나게 하는지, 내 그 뜻도 모르련만…

표 내지 않고 훔치느라 애 먹는다.

주님, 저들에게 깨끗한 음성을 계속 갖게 하소서, Amen!! 저들을 보살펴 주소서, Amen!!을 몇 차례 되뇌인다.

단장이 sign을 하자 동쪽 통로를 따라 어린 꼬맹이들이 무대로 걸어 나온다. 귀엽기도 하려니와 앙증맞다. 代를 이어 나갈 예비 단원이라고 소개한다. 교우들은 손바닥이 갈라져라 힘찬 격려의 박수를 보낸다.

짧은 시간이었지만 오늘의 주일 미사는 특별한 은총의 미사였다. 참으로 우리 공동체에 주어진 좋은 선물이었다.

60주 년이 되는 오는 가을에 다시 와서 축하 공연을 해주기 바란다는 신부님의 당부가 끝나고 미사는 이어졌다 ─하느님 감사합니다.─

<쉬며 읽는 글>

성시간 묵상을 위해 (Mon. Jan 8,'18)

　캐나다의 몬트리올(Montreal) 태생인 안드레아(Andre)수사가 1904년 기도소로 세워졌을 때는 오죽잖은 좁은 공간이었으나 수없이 이적이 일어나자 기도꾼들이 자꾸 모여들어 오늘날에는 높이가 124M 지하 1층 지상 4층에 아래 마당(?)에서 성당 건물이 있는 위 마당에 이르자면 4번 굽어진 25° 경사진 총길이가 100m애 달하는 계단을 이용해야 하는 거대성당으로 변한 이 성당이 바로「요한성당」입니다.

　목발을 집고 다니는 절름발이, 앉은뱅이 불구자들이 난간을 잡지도 않고 저 위 마당에 있는 성당을 향해 기어 올라가는 장면을 생각해 봅니다.

　엉덩이 옷이 터지고 피가 흐르며 무릎 살이 드러나도 아픈 상처를 이겨내며 오직 치유의 소망이 이뤄지기만을 바라면서 고행을 감수하는 그들은 분명 십자가 예수의 후예들임을 묵상케 합니다.

　자비하신 치유의 주님께서는 지금까지 400 여명이 넘는 불구자를 감쪽같이 정상인으로 만들어 주셨답니다.

　성당 입구에 다다른 이들은 이제는 쓸모없게 된 그 목발을 치유해 주신 은총 받은 기념으로 성당의 천장과 벽에 줄줄이 매달아 찾는 순례자들의 가슴을 뜨겁게 해 줍니다.

　기적을 일으키는 소문난 성당 창시사인 안드레아 수사가 91세로 세상을 뜨고 (1937.1.6.) 장례가 있던 날에는 100만 인파가 몰려와 그의 죽음을 세계의 어느 누구보다도 화려하게 환송했다고 합니다. 그후 2010.10.17.일 베네딕토(Benedict) 16세 교황께서는 그를 성인 반열에 들게 했습니다. 이런 유래가 있는 성당에서 2014년에 입수한 "이태리 란치아노의 성체기적(The Miracle of Lanciano, Italy)"를 두해가 넘은 '16 1월 겨울에서야 번역한 것을 이번에 후기로 붙입니다.

성시간에 참여할 때마다 도대체 "성시간"이란 무엇인가? 수없이 생각해 본 경험이 있기에, 나와 같은 고민을 가진 분들(?)께 참고 되게 한 작업이었습니다.

성시간이란? 성당에서 불을 끈 채 조용히 묵상을 하는, 달리 말하면 성스러운 분위기 속에서 묵상 하는게 '聖時間'의 의미일까? 묵상의 대상은 무엇인가? 그냥 이렇게 조용히 앉아 있기만 하면 되는 것인가? 그렇기는 하겠지만 만만코 만족스런 대답은 아닙니다.

그렇다면 성체 경배 또는 조배하는 시간일까?

역시 그렇기는 하겠지만 그것도 아닌 것 같습니다. 왜냐면 경의를 표하기 위해 30분이 넘게 계속 조아려 절을 하는 것도 아니니 그렇습니다.

그렇다면? 거기에 '묵상'이라는 말이 들어가면 될일입니다. '성체경배 묵상시간'이라고. 그렇습니다. 그 말을 줄여서 '성시간'이라고 한 것 같은데 유감스럽게도 이를 설명 해 주는 그 누구도 없었습니다.

그럼 묵상은 왜 합니까?

성체를 잘 알기 위해서입니다.

알면 어떻게 해야 합니까?

경배해야 합니다. 그러기에 예절 중에 '성 토마스의 성체찬미가'가 있나 봅니다.; "엎드려 절 하나이다…" 바로 경배를 해야 한다는 것이죠.

사실 아기예수 탄생시에 동방박사가 찾은 이유는 경배(Worship)를 드리기 위해서였습니다(마태오2,1－12). 신약에서 처음으로 나온 성스러운 표현이지요.

이 장면을 보면 경배의 대상은 예수요, 그 예수께서 죽음을 앞둔 미래의 당신인 성체성혈을 최후의 만찬에서 보여주십니다.

그리기에 성시간은 직접적이요, 일차적인 것으로는 성체성혈을 묵상하되 그 묵상의 방법은 경배이지요.

그럼 왜 성체를, 경배해야 할 예수님의 몸과 피라 믿을 수 있나? 그 답이 뒷장 번역물 속에 있습니다.

밀떡 포도주가 사제의 축성과 동시에 성체성혈로 변화됨을 믿으며 성시간을 갖는 당신은 참 그리스도인의 모범이십니다. Amen!!

Italy, 란치아노의 성체기적 (The Eucharistic Miracle)

이 특별한 기적은 1,300년을 이어져 오늘날에도 우리 눈앞에서 일어나고 있다.

－말씀이 살(Flesh)이 되시다. －

주님 탄생 700년경에 이태리의 란치아노(Lanciano)시에 한 수사가 있었는데 그는 세상의 과학에 유식했지만, 하느님에 대해서는 무지해 신심이 깊지 못했다.

그는 봉헌된 빵과 포도주(The consecrated Host)가 정말 예수님의 몸이고 피일까 하는 의심 때문에 괴로웠다.

그는 지혜 보다는 과학에, 하느님보다는 세상 흥미에, 관상(Contemplation)보다는 이성에(reasen) 더 믿음을 바친 사람이었다.

우리는 그를 우리 시대의 사람(a person of our time)으로 인정했고 그는 우리 각자를 특별한 존재(extraordinary degree)로 비유했다

그러면서도 그는 이런 상처가 그의 마음에서 거두어 가시고, 하느님 은총이 그를 버리지 않게 해 주십사 하고 항상 기도드렸다.

왜냐면 전능자 하나님, 자비와 위로의 아버지께서 그를 어둠의 구렁에서 기쁘게 건져내 주시고, 그로 하여금 聖토마스 사도(The Apostle St. Thomas)에게 보여주신 것과 같은 은총을 허락하셨기 때문이다.

어느 날 아침 미사 중 그가 성찬(Consecration)의 핵심 性言(The most Host words), 예수께서 당신의 사도들에게 가르쳐 주셨던, "이것은 나의 몸(Body),…이것은 나의 피(Blood)…"을 마쳤을 때 그의 의심과 誤信은 어느 때 보다도 그를 무겁게 짓눌렀다.

가장 유일(singular)하고 놀라운 행위(marvelous favor)(譯註, 성찬전례)로 그는 빵이 살로, 포도주는 피로 변했음을 보았다.

너무나도 위대하고 엄청난 기적에 놀랍고 혼란스러워 그는 마치 신의 무아지경에(a divine ecstasy) 도취되어 한참을 서 있었다.

그러다 마침내 그의 두려움은 그의 영을 채운 영적 행복으로 변했고, 눈물로 범벅이 된 얼굴에 기쁨이 가득 차 주변에 외쳤다;"…우리의 위대한 그리스도의 (our Most Beloved Christ) 살과 피를 보십시오"

기적 발생 13세기가 지난 오늘에도 聖物(the holy Relics — 譯註 당시의 성체성혈—)은 실제적으로 완전하게 남아있다(practically intact).

겉 표면 검사에 의하면 한 조각으로 남아 있는 聖肉(the Host of Flesh)은 원 성찬의 빵(聖体)(Large Host) 크기로 (the dimension)있는데 섬유질로 된 외모에 갈색인바 성체현시대(the Ostensory) 뒤에 불빛을 놓으면 약간 옅은 적색(light reddish)로 된다.

성배(Chalice)안에 담긴 피는 흙색인데 황토색(the yellow of ocher)에 가깝고 다섯 개의 응고된 물방울 (five coagulated globules)로 되었다.

방울의 각 부분들은 모양이나 크기에 있어서 불규칙(uneven)적이고, 무게를 달면 숱 부분들(the parts)은 각각의 분리된 조각 무게와 같다.

기적의 실제 현장은 오늘날 聖프란치스교회의 지하(beneath the Church of St. Francis)에 자리 잡고 있다.

기적 자체는 (聖体, 聖血—譯註) 제2의 감실(Tabernacle)에 보관되

고 있으며 높은 제단 중앙에서 볼 수 있다.

살로 변한 성체(the Host)는 은제 성체현시대(a silver Monstrance)에 담겨 있다 피로 변한 포도주는 크리스탈 성배(crystal Chalice)에 담겨 있다.

Catholic교회의 공식 입장

현지 교회와 Vatican의 관리들은 중세 이후 수 많은 경우에서 성물(the Holy Relics – 성체성혈(譯註)–)을 확증했다.

교황 요한바오로 2세(Pope John Paul II)는 2004년 성체의 해(the year of the Eucharist) 시작 때에 기적에 대한 주의를 환기시켰다.

과학적 연구

엄격한 분석이 1971~1972에 걸쳐 Sienna대학교(University of Sienna)의 과학자에 의해 이루어졌는데 그 결과는 WHO 과학위원회에 의해 확인되었다.

성혈과 성육(the Blood and the Flesh) 부스러기에 이뤄진 연구는 다음과 같은 결과를 도출해 냈다.

* 성체 기적의 피(The Blood of the Eucharistic Miracle)는 진짜 피(The real blood)요 성육은(The Flesh) 진짜 살(The real Flesh)임.
* 성육(The Flesh)은 심장의 근육 조직(The muscle tissue of The heart)임
* 성혈과 성육은 사람(human species)의 것임
* 성혈 내 단백질은 정상 선혈(normal fresh blood)에서 볼 수 있는 것임

聖母님을 모시고 (Tue. May 8,'18)

하늘을 올려봐도 四方八方 돌아봐도
진草綠이 온天地를 어쩜이리 물들었나
초록빛 헹궈낸냇물 맑은소리 흥겹구나

성모님 讚頌으로 주님 偉業 기리니다
五月하늘 맑은공기 터지도록 마시듯이
歡喜로 치솟는기쁨 성가불러 바치니다

내언제 또이렇게 당신곁에 지낼런가
이틀밤을 저의집에 주무시며 머무셨네
성모님 불쌍한저희 긍휼로서 보옵소서

<여백의 글>

성모성월인 오월을 맞이하여 각 구역 반을 순회하시는 어머니께 찬송
과 공경을 드리는 행사가 자랑스럽게도 상촌 공소부터 시작되었고 그런
중에 우리 집에서 이틀을 모시며 성모님과 함께 지낼 수 있는 기회가 주
어졌으니 얼마나 큰 영광인가!

모든 공소식구들이 번갈아 와 기도와 찬미를 드렸고 우리는 모시면서

밤이 오면 성모님 옆에서 자니 "함께"라는 기분이 들어 행복했다.

마치 어렸을 적에 엄니 곁에서 자는 느낌을 이 나이에 갖게 되니 이 아니 행복인가!

나를 길러주신 어머니는 안계시지만 오늘도 저희를 지켜 봐주시는 성모님이 계심은 참으로 좋고도 좋다.

이제 잠시 후 2시에는 천덕공소 구역으로 이동하신다. 나는 떠나시는 성모님께 감사를 드리는 뜻으로 이 좋은 계절의 영광을 담아 성가「주 하느님 크시 도다.」(가톨릭성가 2번)을 불러드리고 싶은 충동이 일었다.

맑은 5월의 공기를 가슴 깊이 터지도록 들이마실 때의 기쁨처럼, 이번에는 마음속에서 치솟는 기쁨을 억제치 않고 찬미의 송가로 토해내듯 불러드리니 기뻤다.

내 언제 이런 기회를 또 맞게 되는지. 정말 고맙고 고마운 의미 있는 행복한 기회였다.

성모님 감사합니다. 어리석고 불쌍한 저희 가정을 긍휼히 여기어 빌어주소서 Amen!!

우리 본당의 특별한 미사전례 자랑 (Mon. May 28,'18)

찬미예수님

우리 본당의 미사전례가 아주 특별하기에 이를 자랑삼아 소개합니다.

교황님 인준「장엄미사 전례」─그레고리안성가(Gregorian Chant)
─예절에 따라 지난 12월부터 본당 미사가 새롭게 바뀌어졌다는 사
실입니다. 지금까지의 평미사(?)와는 달리 곡(曲)에 맞춰 창(唱)으로
사제와 신자 간에 미사 예절이 진행되니 표현 못할 감동을 일으키고
있지요.

처음에는 새 전례가 서먹하고 어렵다 여겼으나 두 세주(週)가 지나
면서는 나인 든 분들도 쉽게 익혀 어느덧 완전히 한 차원 높인 미사
(up─graded Mass)로 변했답이다. 이제는 때마다 찾아오는 특별한 축
일과 전례시기에는 성모님 공경과 하느님 흠숭을 더 깊게 드리며, 우
리 신자들의 기도를 보다 더 잘 들어주신다는 믿음도 들게 하지요.

요즘은 매 주일마다 타지 교우인 미사탐방객(?) 십여 명이 찾아오
곤 합니다.

그분들은 교우들과 함께 부르는 사제의 성가에 금세 매료되리라
봅니다. 절묘한 화음에 음색 또한 부드러우면서도 장엄하여 미사를
엄숙하고 신비롭게 이끄시며, 심혈을 기울여 집전하는 사제의 정성

에 깊은 감명을 받을 것으로 확신합니다.

이제 7월로 접어드니 뜨거운 여름 온도가 우리의 신심을 나른하게 하지 않을까 걱정되는 때입니다. 이러한 때에 독자 여러분께서는 저희의 별난 본당 교중미사(10,30분)에 참례하여 행복한 미사 은총을 체험하시길 권해 드립니다.

매월 첫째 주 미사 후에는 친교의 점심 나눔이 있으니 이왕지사 이때에 오시면 시골 본당의 분위기와 음식을 맛볼 수 있어 더 좋을 것 같습니다,

초대합니다, 환영합니다, 감사합니다.

※가톨릭 신문 「독자의 란」에 보낸 것임.

聖靈세례를 받으며 (Thu. Jul 12,'18)

사십년 죄덩어리 옹이되어 박혔나니
미투※운동 그對相者 바로여기 꿇었습니다
아버지 몸부림치는 罪人告白 들으소서

  洗禮를 받나이다 성령세례 받으리니
  양팔벌려 主님향해 토해내듯 외칩니다
  아버지 받아주시어 성령은총 내리신다

  오른쪽 무릎위를 짜릿짜릿 찌르시니
  아둔하온 죄인에게 성령께서 오심이다
  아버지 감사합니다 성령實在 체험한다

使徒들 부활목격 기쁨으로 벅찼듯이
성령체험 내마음도 못지않은 기쁨일터
아버지 외치리이다 '성령체험 내가했다'

※Metoo

<여백의 글>

'아버지, 안녕하셨어요?'

無所不在하시고 살아 役事하시는 하느님께 "안녕하셨어요?"라니 이 무슨 당치 않은 해괴한 인사냐며 꾸짖을지라도, 저는 오늘 그냥 이렇게 하고 싶어서 형상화한 인사이오니 너그럽게 받아주소서

아버지, 저희 황간 본당에서는 지난6월 초부터 이달 7월 중순까지 7주에 걸쳐 "성령 묵상회"를 해가고 있답니다.

돌이켜보니 6 · 7년 전 겨울철에 "성령세미나"라는 이름으로 고작 세 시간에 걸친 교육(?)이 있었습니다. 그때의 남는 기억으로는 "랄, 랄, 랄, 랄" 밖에 없기에 이번 기회에 대해 별 관심이 없었지요.

그래서 첫 주 모임에 참석해보고 결정 해야겠다는 생각으로 신청을 미루기까지 했답니다.

그런데 이런 마음을 참가 쪽으로 기울게 해준 것은 용어가 전과 같은 "세미나"가 아닌, "묵상회" 즉 "성령묵상회"란 것에 거부감이 없어서였습니다.

거기다가 첫 시간 내내 "랄, 랄, 랄, 랄" 이라는 성령 부름의 연습(?)도 없어서였나 봅니다.

사실 성령의 오심은 내가 받고 싶다고, 즉 초대한다고 해서 오시는 것은 아닐 테니, "랄, 랄, 랄, 랄"하는 인위적 외침은 제 마음에 내키지 않을 수밖에요.

실제로 당신께서는 오순절을 맞아 겁을 먹고 다락방에서 문을 잠근 채 두려움에 떨면서 앞으로의 행로에 절망하고 있는 사도들에게 당신의 뜻으로 "혀 같은 것들이 나타나 불길처럼 갈라지며 각 사람 위에 내렸다" (사도2,1-3 참조) 했으니 말입니다.

나약한 사도들 자신이 복음을 선포할 테니 용기. 인내… 등을 달라고

부활하신 당신께 결코 손 벌려 청하지 안했잖아요?

묵상회가 종반에 접어드는 지금도, 아니 오늘 성령안수를 받고 나서도 이 믿음은 변하지 않고 그대로 였답니다.

하지만 성령안수를 주도한 신부님의 말씀도 맞는 설명이라 봅니다. 왜냐면 이론은 개발해야 나오고 그 개발은 깊은 묵상(생각)에서 논리의 방법이 떠오른다고 보기 때문입니다.

디시 말해 성령 받을 외적 겸양의 자세와 내적 겸손한 마음이 갖춰지지 않으면 당신께서 주시는 성령을 어떻게, 어디에 받아 담을 수 있느냐는 것이지요.

그러기에 외적인 받을 자세, 즉 양 손바닥을 하늘로 향해 벌리고 있어야 주시는 성령을 과일 받듯이 덥석 받을게 아닙니까?

이 때에 간절한 마음인 기도의 진실성이 함께 있어야함은 당연한 일이겠지요.

결국은 닭이 먼저냐. 달걀이 먼저냐는 논쟁이 분분하듯, 성령 받을 의도적일망정 그와 같은 우리의 자세행동이 먼저냐, 아니면 당신께서 성령을 내려주심이 먼저냐가 전술한 바와 같은 경우의 해석과 같다한다면 당치 않는 예를 들었다며 불경하다 꾸짖으시겠습니까?

그런데 말입니다, 아버지!

제 말씀 좀 들어보시지요.

성령 충만을 위한 기도를 하기 위해 의도적인 자세와 마음으로 "랄, 랄, 랄, 랄"을 큰 소리로 하며 저의 소망을 간절히 말씀드리면서 지혜, 분별, 인내의 은총을 주십사고 수없이 반복했지요.

그런데 아버지!

당신께서 주시는 성령을 받았다는 것을 확신하는 순간이 저에게도 왔습니다.

의자에 앉아 양 팔을 벌린 채 기도하는데 갑자기 한 순간에 저의 오른쪽 무릎 바로 위인 허벅지 부분에서 "콕, 콕, 콕, 콕. 콕, 콕, 콕, 콕" 따갑게 찌르는 자극이 왔습니다. 그 찌르는 간격은 "랄, 랄, 랄, 랄. 랄, 랄, 랄, 랄,"하는 그 속도 그대로였습니다.

약 3초 간격으로 찌르기를 세 번을 했습니다.

한 차례가 일어나면 약 3분 후에 다시 그렇게 찌릿찌릿 자극하기를 3차례 하더니 조용하더이다.

그러다 안수 과정이 다 끝나고 미사가 이어지며 성체를 영할 때는 모든 신자가 예수님의 최후만찬을 재연하는 의미로 제대 앞으로 나가 빙 둘러서서 성체를 손에 받아 모시고 자리에 돌아와 앉았는데, 바로 그 순간 또 그런 "콕, 콕, 콕, 콕. 콕, 콕, 콕, 콕" 찌르며 짜릿짜릿한 충격이 일어났습니다. 미사가 끝날 때까지 반복되기를 소망했지만 더 이상은 일어나지 않아 서운했지요. 하지만 네 번의 체험만으로도, 고백하는 저는 그저 행복하기만 합니다.

전기 충격과도 같은 찌릿찌릿한 방식으로 오신 성령께서는 제가 어떤 일을 하던 간에 분별의 식별력으로 결정한 것은 망설이지 말고 주저 없이 적극적으로 하라는 계시로 받아들이겠습니다.

마치 무슨 모임에서 "…할 사람 나오세요."하면 회원 중 옆에 앉은 동료가 내 옆구리를 쿡쿡 찌르면서 "나가라"고 재촉하는 그 광경을 연상케 해주는 것처럼 말입니다.

아버지! 이번 성령묵상회가 진행되는 동안 교재를 읽으면서, 특히 어제는 성령께서 저에게 임해주시기를 은근히 바랬었는데, 이렇게 소망을 들어주셨으니 그저 감사, 감사, 감사할 뿐입니다. 아버지 영광찬미 받으옵소서. Amen!!

전류가 흐르듯 짜릿짜릿하게 콕, 콕, 콕, 콕 침을 주신 성령체험을 잊지 않고 살아가도록 자주자주 되생각하겠나이다.

그리하여 매사에 적극적인 방법으로 실행하여 당신을 실망시켜 드리지 않겠습니다.

이제 당신께서 부활하시어 처음 나타나심을 목격한 사도들이 토마스에게 "우리는 주님을 뵈었소."(요한 21, 25참조)하며 그 영광스런 기회를 가졌노라 뽐내고 자랑했듯이 나도 여러분 앞에서 아니 사람들 앞에서 자신 있게 성령체험을 자랑하렵니다. 또한 성령 존재하심은 뜬 구름잡는 막연한 것이 아니라 확실하게 살아 역사하심을 믿는다는 것도 말입니다.

아버지, 이제 또 그냥 그렇게 하고 싶어서 해보는 당치 않는 인사법으로 끝맺음 인사를 드리오니 받아주소서!

'아버지 감사합니다. 당신을 사랑합니다.

안녕히 계셔요, 또 뵈러 올게요.' Amen!!

2018.7.12.
당신의 아들 우명환 (아구구스티노) 드림

최양업(토마스) 신부님 성인請願 합창기도
—살렘코러스 본당 공연 (Fri. Sep 7,'18)

사제의 올곧은길 양떼救靈 一念였네
썩을육신 마음두랴 맨발바닥 찢겨나나
오늘도 살아숨쉬니 방방곡곡 누비신다

司祭를 본받자며 남긴업적 기리니
성인請願 뜻을 담아 합창기도 드리니다
칸타타 간절한소망 저희뜻을 담았니다

청중은 많지않아 성당좌석 半席이나
박수소리 우레같아 벽을뚫는 울림인다
공연이 끝날때까지 微動없는 감명이여

　　<여백의 글>
　　2016년 4월28일에 假敬者로 선포된 최양업(토마스)신부님이 성인품
에 오르도록, 칸타타 형식으로 구성된 일곱 마당의 공연은 너무나 감명
깊었다.
　　기대했던 것보다 청중인 신자들이 적게 왔지만 터질 듯한 박수소리는

어쩌면 저리도 크고 클까.

수천수만의 군중 박수가 저리클까 싶다.

내년 사순절에도 살렘코러스 합창단을 초청하여 「안중근」을 관람하도록 하겠다는 본당 신부님의 인사말에 또 한 번 우레 같은 박수가 터져 났다.

「본당50주년」 자료수집 도움을 청하는 글 (Sun. Nov 18,'18)

찬미예수님

　신부님께

신부님, 안녕하십니까?

그동안 본당 사목에 무척 바쁘셨지요?

　인사드립니다. 저희는 황간 본당 60년사 발간을 맡은 「편찬위원」입니다. 작년 '17년에 본당 설립 60주년을 맞아 본 당사를 내려고 했으나 자료수집의 미비로 실행을 못했습니다. 막상 일을 시작하려니 준비된 자료가 제한적이어서, 이를 기초하여 틀을 잡는 것은 마치 '뜬구름 잡는 격'이 되어 어려움에 애만 태우고 있답니다.

　실정이 이러하니 김태원 요셉 신부님의 노심초사 하시는 맘을 미뤄 짐작할 수 있어 저희는 그저 안타깝기만 합니다. 이에 새롭게 조직된 편찬위원회가 조심스레 신부님께 글을 올리오니 이뜻을 헤아리시어 쾌히 답해주시리라 믿습니다.

　자료의 부실 속에 본당사가 이뤄진다면 훗날 우리 신앙의 후손들이 "이것도 본 당사냐?"라고 평하며 원망을 할 텐데, 생각만 해도 정신이 아찔합니다.

　이번의 본당사가 자료에 입각한 사실을 토대로 제작하여 후대에 전해야 함이 오늘의 저희 공동체가 해야 할 '교회사적 사명'이려니 본다면 책임이 막중함을 느낍니다.

아무쪼록, 신부님께서 황간 성당에 재임 중 기억에 떠오르는 것을 모두 기록해 건네주시면 감사하겠습니다.

예컨대 소지하고 계신 기록물(영상, 사진포함)이 있다면 물론이요, 당시의 신심 분위기 제 단체 활동, 연중 축일 및 사순절 분위기, 공소 생활, 가정의 날 음식친교 나눔, 화재시의 소회, 심지어는 황간 천주교를 대하는 지역주민들의 시각… 등을 기술해 담아주시면, 초 대와 제 2대의 메리놀외방선교회 신부님들이 남긴 '사목일지'를 보고 "아, 그 때에 는… 이랬었구나."하며 당시 사회의 분위기까지 파악할 수 있듯이, 신부님 재임 시의 신앙공동체 흐름을 파악하며 오늘을 자성하고 후대의 신앙을 인도해주는 길잡이가 되는 좋은 자료가 될 것이므로 무엇 하나 소홀히 할 수 없는 '신부님 사목의 족적'이오니 부디 저희의 간청을 외면치 마소서. 연말이 다가와 사목업무가 바쁘실 때에, 난데없이 부담을 안겨드려 죄송 백배 하옵니다.

아무쪼록 신부님과 교우들께 하느님 은총이 내내 풍성하시길 기원합니다. Amen!!

2018.11.18 주일

천주교 황간성당 「60년사편찬위원회」 일동 올림

* 본당사무실 043*742*4049
  본당신부님 010−8897−3540

* 황간 본당에 재임하시다 지금은 타 본당에 가 계신 여러 신부님께 올리는 자료 수집을 위한 편지임

꿈에서 본 십자가 (Sun. Feb 14,'18)

하느님 십자가가 푸른하늘 질러간다
쇄빙선이 지나가듯 중후한듯 가벼웁게
하느님 감사합니다 꿈을통한 당신계시

청명한 하늘아래 낮은듯한 높이에서
木棺같은 長幅위에 십자가가 뚜렸한데
떠가는 십자가뒤로 흰포말이 선명하다

해몽이 긍정이면 꿈일망정 희망주니
주님당신 계시하면 설자리도 있으리다
꿈속에 자주오시어 깨워주고 이끄소서

<여백의 글>

二月의 마지막 주일인 24일의 깊은 밤이다

하늘은 푸르고, 학생들은 자유스런 운동복 차림이 대부분인 것으로 보아 청명한 전형적인 내 어릴 적의 정경 가을이다.

나는 학교 운동장 stand위 고목나무 근방에 서있었고 학생들은 그 밑 운동장에서 각자 운동을 하고 있었다. 그때에 갑자기 내 눈 앞 저 푸른 하늘 아래로 커다란 목관 형태인 십자가가 중심을 잡은 채 유유히 앞으로 쇄빙선 지나가듯 떠간다. 십자가가 지나간 뒤로는 마치 푸른 바다에 거선이 지나간 뒤 갈라져 하얀 포말이 일 듯, 비행기가 고공을 날아가면 그 뒤로 흰 기체가 선을 뿜어내듯이 흔적을 나타내고는 이내 사라진다.

목관 십자가는 그렇게 앞으로 떠밀려 가기를 3초가량 이어지다가 포말과 함께 사라진다.

자유롭게 운동하던 가득 메운 학생들 중 7~8명만이 그 모습을 보고 하늘을 향해 소리를 지른다. "하늘에 십자가가 나타났다."하며 소리를 지르나 모두 무관심이고 그 중 2~3명은 땅에 엎드려 고개를 숙인 채 경외심을 나타내며 찬미 드린다.

십자가를 제일 먼저 목격한 나였으련만, 사라진 뒤에서야 나도 저렇게 엎드려 찬미 드리지 못한, 용기 없음을 후회했다.

"꿈보다 해몽"이라는 말이 있다. 하여 해몽을 찾아본다. 꿈속에 나타난 많은 학생들 대부분이 십자가를 보지 못한 무심한 그들! 그들은 신앙을 외면하고 있는 현대의 우리를 가리키며, 그들도 경외심을 갖고 죄인임을 자처하듯 운동장에 머리를 맞댄 채 쳐들지 못하고 있는 소수의 신심 깊은 학생을 본받을 것을 암시하는 뜻으로 받아들이고 싶다.

또한, 주님 "저에게 당신의 징표를 보여 주십시오."라며 일상의 틀에 박힌 반복적 기도 생활 중 갖게 되는 투정(?)에 대한 당신의 응답을 이렇게 보여주신 것으로 여겨진다.

참으로 희한한 꿈에 경외스러울 뿐이다.

주님께서는 분명 내 맘을 알아주셨으니 혹여 '징표를 보여 주십시오'하는 투정을 앞으로는 하지 말아야할 일이다.

現實에서 못뵐거면

七恩을* 주실거면 치유지혜 주옵소서
안수기도 치유되고 지혜로이 식별하여
사리를 판단하되 그릇됨이 없게하소서

그런데 거기에다 기적까지 체험하니
분에넘쳐 몸둘바를 어찌할지 모르니다
당신은 사랑이니 모자람을 감싸주소서

꿈이면 어떤가요 자주뵈면 좋은 것을
현실에서 못뵐거면 꿈에라도 뵈옵기를
하오니 자주자주 당신뵙게 해주옵소서

* 가톨릭의 견진성사를 통해 받는 일곱 가지 은총을 말함 슬기(지혜), 통달(깨달음)
 의경, 지식, 굳셈, 효경, 경외(두려워함).

<여백의 글>

소로듸의 기일에 교우 여러분이 모였다.

그의 안짝인 아네스는 음식상을 열심히 준비하고 있다. 기일이니 연도를 할 준비를 해야 하거늘 음식상 차리는 데만 신경 쓰니 보고 있는 내 마음이 편치가 않다.

이런 분위기에 화를 내며, 어찌 연도는 뒷전이고 음식이 앞이냐며 크게 나무라고, 연도를 했다. 연도가 끝나자 아네스가 보신탕을 푸짐하게 내봐 맛있게 먹었다.

그리고는 성가를 하러 간다며 가는 곳이 원문리의 백승옥(이시도로) 신부의 집이란다. 모두 집을 나와 신작로를 따라 줄지어간다.

누군가가 차로 맨 나중에 나와 뒤따라오는데, 뒤에 처진 사람을 태우고 가면 좋으련만 그냥 지나친다.

내가 그곳까지 가려면 15분은 족히 걸릴 거리련만 꿈속에서의 거리는 금세였다.

차도에서 갈라진 동리길로 접어들어 모퉁이를 돌아가니 동네에 닿아서 벌써 다 온 느낌이다.

마침 나보다 늦게 출발한 아네스가 쟁반에 기름진 전을 담은 두개의 큰 접시를 갖고 오는데 어쩐지 불안하고 불편해 보여 내가 하나를 달라해 들고 걸었다.

웬 사람들이 동네 입구서부터 몰려들어 둑방길이 입추의 여지가 없이 밀려간다.

세상에는 중국 사람들이 무척 많다고는 하나 이렇게 많은 군중들은 생전 처음 본다고 생각하면서, '아마도 나쁜 일이 있어 그 액운을 쫓기 위해 가나 보다.'라고 여겼다 나는 옆 사람들에게 물었다, '오늘이 무슨 날이야? 남녀노소 가리지 않고 이토록 길을 가득 메우며 가니, 좋은 경사 날인가?' 묻기도 했다. 그래서 농담 반 진담 반으로 「오늘은 원문리의 날」이라 해야겠군! 했다.

오른쪽에 있는 조그마한 학교 앞을 지나 다리를 건너 비스듬한 경사로를 걷는다.

"백신부님 집이 어디야?" 하면서 고개를 드니 전면에 바로 집이 있는데 백신부네 집 앞에서였다.

군중들은 계속 경사로를 따라 행렬을 지어 갔고 나는 마당으로 들어선다.

열려진 문으로는 수문장 같은 복장에 덩치 좋은 건장한 사나이가 큰소리로 기도인지 굿판 소리인지 분간 못할 소리를 해댄다.

잠시 밖에 서 있는 사이에 그 자가 나온다. 백신부 아버지는 "이제 와서 별짓을 다 해본다."라며 미안해서인지 변명하듯 혼잣말을 한다. 백신부를 살리기 위해 굿도 불사하며 해 본다는 속뜻이 숨어있다고 여겼으나, 독실한 신앙인인 그가 설마 그럴 리야… 하면서 주변을 보니 무척 살림이 어수선했다. 기름기 묻은 손을 씻으려고 수도전을 찾았으나 얼른 눈에 띄지 않아 두리번거려서야 보일정도였고 방 옆에 외양간이 있는데 쇠똥에 오줌 등 오물이 질퍽거리고 있다.

나는 방으로 들어간다.

백신부 상의는 가사를 걸쳐 입은 듯 반은 어깨에 걸쳐 있는데 몸은 부은 듯 살결에 생기가 없다.

가슴에는 칼로 수술을 받은 흔적인 듯이 십자가형의 상처가 꿰매져 있는데 피범벅이다.

그는 눈을 감은 채 누워있는데 얼굴과 목 쪽은 이미 산사람이 아니다, 목은 떨어진 듯 뒤로 젖혀있고, 입은 한 쪽이 삐뚤어졌는데 그 옆 사이로 침이 흘러내린다.

내가 처음에 방을 들어갈 때는 내가 온 것을 모르게 한 채 그의 머리에 손을 얹어 안수기도만 하고 나오려 했는데 그만 "이시도르, 나 우명환 입니다."하고 이름을 밝혔더니 눈을 뜨면서 일어나려고 용쓴다. 얼굴은 부어있고 땀투성이에 눈이 제대로 보지도 못하고 생기 없어 죽음이 역력한 상태인 몸으로 일어난다니 당치도 않는 몸부림이다. 그것을 보는 내 마음이 미어지고 울음이 북 받친다.

나는 다가가 그를 일으켜 껴안는다. 그는 내 볼을 부비며 입을 더듬거리더니 내 입에 댄다.

나도 지긋이 그에게 입을 맞춘다.

그의 등에는 등창이 댓 개 돋아나 있다. 건넌방에 앉은 사람들이 "오늘 하나가 또 생겼네!"하며 한숨을 쉰다.

나는 터져 나오는 울음으로 우리 백신부를 살려달라고 하느님께 몸부림쳤다.

당신께서 백신부를 사제로 이끄셨는데 이제와 이게 무슨 꼴이냐며 하느님을 원망했다. 하면서 책임지고 당신께서는 백신부를 살려내야 한다며 떼를 쓰듯 매달렸다. 백신부를 안고 절망의 울음을 터트렸다.

그런데 갑자기 수군거리는 소리가 들린다,

"깨끗이 나았다. 저것 좀 봐, 기적이다, 기적이 일어났다…."

언제 내 품에서 벗어났는지 완전히 상체를 벗은 채 좌정하고 밝은 표정으로 꼿꼿이 앉아 있는게 아닌가! 살결은 새로 돋아난 듯이 맑고 깨끗하며 탄력이 있는 건강한 피부로 정상 이상의 건강한 상태다.

하느님 감사합니다. 얼마나 감격스럽고 감사한지는 이렇게 글로 옮기는데 소름이 끼치도록 전율을 일으키는 영광의 지금 이 순간이다.

찬미의 송가를 불러야 하겠는데 기쁨을, 환희를 나타내는 그 흔한 어느 곡도 냉큼 떠오르지 않고 시간만 가는게(순간이지만) 안타깝고 죄송스럽게 느껴져 그냥 내가 좋아하는 "Amaging Grace"를 불렀다. 원어로 부르면 함께 있는 분들이 못 부를까봐, 그냥 우리말로 하는데 그것도 가사가 익숙하지 않아 냉큼 떠오르지 않는다.

그저 "감사, 감사, 감사합니다. 주님, 주님 ,감사합니다. 주님 사랑합니다. 주님 사랑 사랑합니다!"로 반복하며 방안에 있는 교우분들과 함께 방이 터져라 소리치며 하느님을 찬양했다. 급기야 모두 일어나 빙글빙글 돌면서 하느님을 찬양하며 기뻐했다.

아무리 꿈이라지만 내 기도를 들어주시어 다 죽어간 백신부를 살려 새 사람의 건강한 모습으로 보여주셨으니 기적이 아니고 무엇이랴!

날이 새면 백신부에게 전화를 해봐야겠다. 안부가 궁금하다.

* 4시 15분경에 꿈이 깼으니 그 진행 과장을 미루어 보건대 4시부터 이런 꿈속의 기적을 겪은 것 같다

4부 저 모습이 바로 난데

遺書남겨

내 火葬을 내가 보다

故 김용성(요한소로듸)를 돌아봅니다

친구 병오의 訃音을 듣고

늙음은 둘레길로

뗌을 보내며

세월이 앞장서가니

그 번호 없다는데

遺書남겨 (Mon. Oct, 15'15)

돌床에 노인보물 命줄실을 잡았다만
좋아하신 부모님은 저승에가 계시온데
어느덧 잡은실끝을 그만노라 노라한다

치아는 튼실하고 보는視力 어떠한가
機能효율 살펴보고 건강限界 내다본다
마지막 남길말들은 언제쯤이 괜찮을지

평상시 닫은귀를 열어놓고 들을까만
이승에서 정리할일 그중하나 이것이니
하여서 遺言이아닌 遺書남겨 둘일이다

험악한 요세상에 유언유서 통할까만
金家유훈 받드는者 그들만은 지키겟지
자식들 앉혀유언하는 그場面 보고싶다

장롱속 깊은곳에 간직해둔 봉투꺼내
먼훗날에 혹시라도 볼기회가 있을때에
화들짝 다잡게해줄 그런말이 어디없나

내 火葬을 내가 보다 <small>(Sat, Jul 4,'15)</small>

검은 연기 사라지더니 불꽃 솟아 솟아오른다
맨 밑에서 그 위로 그 위에서 다시 위로
불꽃이 층층을 이뤄 불탑 되어 위로 솟는다

<여백의 글>

내가 덮던 이불이 샛별이를 덮어 주더니 녀석이 간 후로는 이불만이 덩그러니 남았는걸 七月 가뭄이 극성일 때 빗 낱 뚝뚝 떨어질 즈음 뒤에 새로 생길 헌 이불이 또 있으려니 태워야 한다.

이불이 타는데 왜 내가 타는 것으로 보일까! 불꽃이 이글거림은 불탑의 완성인가. 내가 저렇게 불을 태워 끝남은 어느 날 있을 내 화장을 지금 하는 거다. 내 육신 저렇게 타고나면 한 줌의 재가 되어, 거름이 된 자연이 되리라.

십여 년은 넘었을 성 싶다.

묵주반지를 만들어 차면서 몇 개월도 채 안된 어느 날 반지가 빠져나갔음을 뒤에서야 알았다.

사슴과 염소 먹이를 주느라 조석으로 풀과 칡덩굴을 거르지 않고 베던 때였으니, 어느 풀숲속이라고 조그마한 반지가 눈에 띄랴.

어둠을 밝혀주듯 찬란히 눈부시게 반사되는 야광의 특성이 있는 것도 아니거늘…

해서 애초부터 찾으려는 생각은 엄두도 못 냈으나 3돈 값어치와 성물
이라는 특성상 맘만은 짠한 묵주반지에 대한 애착은 오래 갔다.

앗! 저런!

믿기지 않게 눈에 들어 온 옛날의 그 반지!

어쩌면 그렇게도 까맣게 잊은 채 지내왔으련만, 그 반지가 분명 내 발
앞에 있지 않은가!

땅에서 솟은 것도 하늘에서 떨어진 것도 아니련만(구르는 소리도 없었
는데.) 이 어찌된 일인가!

분명한 것은 겨울이 되면 수도전 동파를 막기 위해 덮어 주고 봄이면
걷어치우기를 수년간 반복해 오다가 4년쯤부터는 샛별이 집안에 깔아주
어 따숩게 하다가 얼마 전에서야 곶감 건조장 밑으로 옮기어 쌓아 둔 헌
이불이기에 기회를 보아 주말 정리 차원에서 태워 없애버리려고 들고 나
가려는데, 앗! 저건! 하며 놀란 순간의 소리다.

앙증맞은 조그마한 묵주반지가 발치에 있으니!

여태껏 그 헌 이불에 감싸여 있다가 언제 굴러 나왔는지를 모르고 있
었다니!

늦가을에는 밭가에 있는 수도전으로 옮겨 감사주고, 늦봄에는 풀어 비
를 피해 한 쪽에 다시 개어두고… 그렇게 반복하기를 수차례요, 마지막에
는 샛별이 집으로 끌고 가 넣었다가 이제는 건조장 밑으로 50여 미터를
옮기는 일이 있었음에도. 참으로 궁금증이 풀리지 않는다.

아무래도 반지 빠진 때가 수풀이 무성한 6~7월경이 아닌 해동기인 때
였나 보다.

그러기에 그 이불속에서 나온 것이겠지?!

아무튼 이 사건(?)의 뜻을 찾고자 의미 부여를 하려고 해도 우선 납득
이 안가는 황당한 일이니…

故 김용성(요한소로듸)를 돌아봅니다 (Mon. Sep 21,'15)

내가 사랑하고 신앙의 벗이 되어오던 김용성(요한소로듸)이 어제 세상을 뜨자, 오늘 병원에서 발인을 했다.

새로 부임하신지 3주를 갓 넘긴, 신부님을 모시고 공소 식구와 본당 교우들이 새벽에 출발하여 서울대학병원 영안실에서 장례 미사를 드렸다. 이어 대기하고 있던 가톨릭 병원차가 와 고인의 시신을 모셔 갔다.

돌이켜 보니 고인의 30여 년 신앙생활은 연륜이 흐를수록 신심이 두터워져 신앙이 생활로 연결되는 삶이었는바 선종봉사회원으로나 레지오단원의 활동을 했던 때를 되돌아보면 알 수 있다.

염을 하는 때부터 연도와 장례미사나 사도예절을 드릴 때까지 장소의 원근을 가리지 않고 편치 않은 몸으로 봉사함은 몸에 밴 생활신심이었으며, 공소 교우중 환자가 생겨 예절을 궐하는 경우에는 반드시 찾아가 위로와 가정기도를 드렸으며 전입자가 있으면 꼭 방문하여 공소同化에 도움이 되도록 이야기를 해 주고 기도하며 친교에 힘쓰는 등 공소 레지오 활동을 성실히 하는 모범을 보여주었다.

그러다 몸이 불편해 지고 쇠약해지면서 공소에조차 나오지 못 한지 1년이 좀 지난 금년 7월부터는 이곳 병원에 입원하며 지내는 와중에도, 고인은 매 주일에 봉성체를 했고 몸이 좀 가벼워지면 병원 구내에 있는 경당에 들러 미사참례 하는 투혼까지 보이는 신앙인이었다.

고인께서는 일찍이 호준, 유정이에게 영세를 시켜 각각 다마스와 세실리아라는 이름으로 하느님 자녀로 새로 태어나게 해 명실공히 성가정을 이루었으며, 항상 근면 검소하게 생활하면서 동민이나 면민간에 친교가 두터웠고 한결같이 의리와 신용을 받는 사람으로 통했다.

　또한 일상에서 건네는 유머는 함께 있는 다중을 웃기는 고인만의 여유로움이 돋보였으며, 고인의 짝인 아네스와 함께 천사 같은 사람이요 법 없이도 사는 선량한 사람이라 칭송을 받아 온 고인이고 보니 더욱 애석하기만 하다.

　사후에 시신을 기증하겠다고 한 서약을 오늘 이렇게 실천함으로써 숭고한 삶을 보여준 고인이 새삼 존경스럽고 그립습니다.

　아무쪼록 하느님의 부르심에 따른 나의 벗 소로되여! 주님 곁에 기리 기리 머무소서. Amen!!

2015.9.21. 일

우명환(아우구스티노)이 적음

친구 병오의 訃音을 듣고 (Tue. Feb 7,'17 음 1.11)

"형이다."

"예끼 이놈아, 이놈이 세상을 거꾸로 사나? 내가 뮌이지 네가 형이냐?"

전화 할 때마다 하는 인사가 이랬다. 이랬던 사이, 우리 사이.

그런데 네 말이 맞다. 항상 네 말이 옳았다 싶다.

네가 먼저 세상을 떴으니 뮌이지!

형은 길을 가도 앞장서 가는 법이잖아.

그래, 同甲네 뮌 병오야, 병오야!

항상 義理를 앞세우고 올곧게 살아온 뮌아!

부디 저승에서 福藥 누리시게.

이제 동생도 뒤를 따라 갈 준비를 서둘러 해 야 될 것 같네.

그때 날 보면 잘 인도해 주시게 나는 그때까지 뮌의 靈魂을 위해 빌어 드릴께.

아침 기도 때마다 "죽은 영혼"을 위해 바치는 그 기도 명단에 내 뮌아, 열다섯 번째로 네 이름을 부르며 기도드릴께.

내가 몸이 쇠약해지고 치매에 걸려 정신이 혼미해지는 지경까지!

하느님 내 친구 이병오의 영혼을 이끌어 주소서, Amen!

늙음은 둘레길로 (Mon. Feb 26,'18)

두리번 거리면서 걷는 餘裕는 둘레길이요
허겁지겁 앞만보며 가는길은 山行길이다
늙으니 산행길에서 둘레길로 가는구나

꿩을 보내며 (Wed. Apr18,'18)

베트남 남쪽나라 귀염둥이 예쁜놈이
추운나라 들어와서 적응하며 지냈것만
어느덧 건강老衰로 死境속을 헤매는다

스무해 살았으니 바랄욕심 없다마는
쌓은정이 너무깊어 내마음이 찢어진다
한세월 함께했구나 때가되면 나도가리

한달여 겪는고통 내가받을 고통였네
세벽네시 몸부림이 마지막의 辛苦였나
다습던 體溫식으니 고운눈을 쓸어준다

아무렴 잊어야지 무슨緣을 맺었다고
야무지게 맘을먹고 짐짓情을 떼어본다
너에게 魂이있다면 위로되고 좋으련만

태운다 잊어야지 놔둬야지 푸념하며
보드라운 요에쌓아 네가눕던 의자까지
虛空을 보며태운다 남은흔적 지워낸다

불꽃이 활활타다 잦아드니 공허한데
천진난만 맑은네가 불꽃속을 뛰어온다
그러다 脈이다했나 바람결을 타고난다

永眠할 좋은장소 자리잡아 정리한후
排水좋은 마사토에 편안하게 눕혀놓고
찬란한 햇살비추니 精氣받아 葬事한다

入養은 안하리다 강아지도 고양이도
나이들어 맞는죽음 내죽음을 보는거니
산 것은 안키우리다 草木花만 즐기리라

<여백의 글>
　뀀이 기운 없이 힘들어 한지도 20여 일이 되었다. 어느 날 아침에 멸치를 먹은 것이 화근이었던 것 같다. 이틀 동안 굶어서야 안 되겠다 싶어 병원에 갔지만 원상회복을 못하고 있다.
　며칠을 굶어 가고만 있으니 아내와 함께 억지로 놈을 붙들고 실랑이를 한다. 입을 벌리고 불린 사료를 으깨어 넣어봤자 삼키는 것보다 옆으로 뱉어 내는 게 대부분이니 그저 안타깝기만 하다.
　도대체가 하루 이틀도 아니요, 무슨 수로 스스로 먹지 않으려는 녀석에게 이렇게 한다고 될 일은 아닌 것 같다.
　입을 안 벌리려는 녀석을 어찌어찌 해 찬찬히 관찰한 상희의 말이 입 안이 흐무려져 꼴이 아니란다. 그러길래 녀석이 입 벌리기를 죽기보다 싫

어했나보다. 그 소리를 듣고 부터는 어찌 억지로 입을 벌려 먹일 수가 있으랴. 양쪽 입가를 압축하듯이 눌러 가운데 이빨 부분이 벌어져 틈이 생기면 그리로 불린 먹이를 넣어주니 이 얼마나 큰 고역이며 아플까! 그래, 주사기를 구입하여 으깬 사료에 물을 섞어 묽게 한 것을 물총 쏘듯 해 보나 큰 도움이 되지 않았다.

기력은 점점 떨어져 갈뿐, 속수무책이다.

그래도 녀석은 식구 중 누가 문을 열고 외출에서 들어오는 낌새를 알고는 꼬리를 흔들며 인사를 하는 시늉을 한다. 얼마 전까지만 해도 비실비실거리며 거실로 걸어 나오는 힘겨운 예를 갖추었는데 이제는 앉은 자리에서 그러고만 있으니 얼마나 쇠진했으면 그러랴 싶어 눈물겹다.

오늘은 내가 새벽 일찍 나가면서 녀석에게 인사를 못 건넸다가 늦게 어두워서야 돌아 왔으련만 녀석이 보이질 않는다. "아뿔싸!" 그제야 정신이 번쩍 든 나는 녀석을 찾느라 거실에 불을 켜니 그때서야 녀석이 방에서 나온다. 그리고는 화장실로 간다. 하루 종일 방에 있다가 물 마시러 처음 나오는 것 같다. 화장실 문을 지긋이 열어 주고 불을 켠다. 물소리가 나고 물이 졸졸 흘러 떨어져도 간신히 그 앞에 가기만 했지 더 이상의 움직임이 없이 마냥 수도꼭지 앞에 쪼그린 채 있을 뿐이다.

빈 속에 물이라도 채워 배를 달래주면 좋으련만, 저렇게 웅크리고만 있으니 어쩌랴!

조심스레 녀석을 안고나와 반죽사료를 주사기에 넣어 안식구와 함께 녀석을 붙잡고 뿜어 넣는다. 이제는 난폭스럽다(?)할 저항도, 뒷발질 반항도 없다. "아이고, 이놈아! 얼마나 기운이 없으면 이러랴!"싶어 마음이 메어온다.

바구니 의자에 폭 앉혀놓는다. 나는 바닥에 앉아 녀석의 목에 살그머니 내 이마를 맞댔다. 꼬리를 흔든다. 저를 사랑해 준다는 것을 안다고 반응하는 고마움의 인사다 "꿰아! 할아버지야! 꼬리를 흔들고 또 흔든다. 기운 없는데 흔들지 말고 가만있어, 다 알아."

그래도 녀석은 꼬리를 흔든다.

"아이구 이 녀석이 이렇게 주인을 안다고 자꾸 꼬리를 흔들어대니 얼마나 무겁고 힘이 들까!"

녀석을 끌어안고 나는 책상 앞에 앉는다. 발병 과정부터 오늘까지의 그동안을 되돌아본다. 녀석은 움직이지 않고 가만히 내 무릎위에 다리를 얹어 앉았고 나는 양팔로 녀석을 받쳐 안고 있다. 오랜만에 녀석과 교감을 맛보는 행복이다. 그동안 아파서 고통스런 중에, 외롭게 지냈던 녀석도 여러 날 만에 가져보는 행복한 순간이리라, 몸이 쇠약해 사경을 헤매는 이 지경에 와서야 "행복을 맛본다니" 염치없는 생각을 하고 있구나.

녀석이 내 품에 안겨있는 이 평화스런 모습! 내가 손으로 어루만져주면 그때마다 꼬리를 살랑댄다. 이제는 꼬리의 끝부분만 움직일 뿐이다. 아무래도 기운이 없어 곧 갈 모양이다.

"쯤아! 너는 재롱이처럼 안락사는 안 시킬거야…"

사실 나는 여러 해 전에 두 놈을 안락사 시킨 적이 있다. 그때마다 녀석들이 고통 없이 꿈속이듯 조용히 가는 모습을 보았다. 그들을 안고 밖에 매실나무 밑을 산책하듯, 따스한 햇볕 속에서 맑은 바람을 맞으며 가게 해주었다.

그러나 이 녀석은 그냥 고통스러워도 자연사 하도록 놔두고 싶다. 욕심이라면 잠자는 시간에 아무도 못 본채 외롭게 혼자 가는 것이 아니라 내가 지키며 봐줄 수 있도록 낮 시간에 가면 하는 바람이다.

녀석은 상희가 베트남에서 들어올 때 함께 데리고 온 베트남 산 귀염둥이 총각이었다.

그래서 이름도 그 쪽 발음인 "쯤"이다.

총명해 보이는 녀석은 둥글고 맑은 유리알 같은 파란색의 눈, 덩치는 작은 염소 같을 정도로 큰대도 양같이 순하다 못해 겁이 많은 흰색 순둥이이다.

그런 녀석이 스무 해란 세월을 보내는 동안에 어느덧 몸이 쇠진하여 사경을 헤매는 처지가 되다니! 등골의 뼈마디가 조각으로 이어붙인 것처럼 만져져 마치 화석에서 보는 등뼈처럼 느껴지니… 걸음걸이는 무게 중심 잡기가 힘들어, 왜소해진 체구인데도 지탱을 못하고… 이제 나이든 내가 애완동물이랍시고 키우다 이런 꼴을 보니 차마 더는 안 될 일이다.

쫴아! 그래 너는 네 수명대로 살다가 내 앞에서 눈을 감으면, 꽃 피고 새소리 맑게 노래하는 마당가, 네가 살금살금 숨바꼭질 하던 그 곳에 정성껏 무덤을 만들어 자연으로 돌아가게 하리라.

이제와서 네 기력이 회복될 일은 결단코 아닐지니 내 너를 위해 할 수 있는 일은 그것뿐이다 싶어 마음이 아플 뿐이다.

쫴아 나와 가족들이 너를 사랑해 왔음을 너도 잘 알고 있지? 너와의 맺은 정을 떼기는 하여야 하겠지만 잊지는 않겠다. 너로 인하여 우리 세 식구는 참으로 행복하였구나, 고맙다, 쫴아!

이제 네가 가고 남은 녀석들도 언젠가 떠나면 더는 너희 같은 귀여운 것들을 키우지도, 사랑하지도 않으련다.

아니 키울 내 힘이 없어서 그럴지도 모르겠으나 나도 기운이 쇠해지니 너나 내가 슬퍼지는 것은 같을 것이구나 싶다.

그런 내 꼴을 너희를 통해 볼 일은 아니니 하는 푸념이다.

새 하루가 시작됐으련만 나의 쫴에게는 의미 없는 고통의 날 일뿐, 오늘도 너 댓 번을 화장실 문턱 넘어 맑게 방울져 떨어지는 수돗물 소리를 들으며 힘겹게 양발을 모으고 그렇게 넋 없이 있을 뿐이다. 그러다가 다시 되돌아 문턱을 넘는다. 얼마나 목이 타고 환장할 노릇이랴!

밤 10시가 넘은 시간에 녀석은 또 화장실의 수돗물 흐르는 곳을 찾아 접근을 한다. 하지만 그것으로 동작은 끝이다. 그러다 토하려고 용쓴다. 먹은 게 없으니 나올 것이 있겠나. 맑은 물 두어 방울뿐이다. 그 토해낸 방울만큼의 물을 마셔도 시원치 않으련만, 뱃속에 있는 남은 물 몇 방울까지도 토해 내다니! 딱하고 불쌍한 찜이다.

얼마나 목이 탈까! 얼마나 마시고 싶을까! 그러다 다시 힘겹게 되돌아 나온다.

주사기에 묽게 으깬 사료대신 물을 넣어 목이라도 축여주자! 안식구를 급히 불러 서둘러 물을 쏘아준다. 큰 저항 없이 입을 벌려 마신다. 그래! 그렇게 하면서 편한 맘으로 어서 가거라. 고통 없이 가거라. 내일에는 내가 화단에 네 묻힐 자리를 준비해 둬야겠구나.

찜아! 그렇게 하면서 편한 맘으로 어서 가거라.

어서 그만 고통과 싸우지 말고 가거라.

녀석의 눈빛이 얇은 비닐로 한 꺼풀 덧씌운 듯 빛을 잃은지 오래다. 눈빛이 이미 산 빛이 아니다. 이름을 부르며 안고 토닥일 때마다 여전히 꼬리의 털끝만은 움직인다. 얼마나 힘든 응답일까 싶다.

그래, 이제 이름도 부르지 말자. 토닥임도 해주지 말자, 그래야 응답을 안 할테니…

아무래도 내일에는 갈 것 같다.

찜아 너를 받아들여 데리고 온 우리가 잘못했구나. 그냥 너의 태생지 나라에서 있게 놔둘걸. 너를 돌봐 왔다는 게 결국 이런 시련을 맞게 해 주었으니…

너와의 영별이 이렇게 내 마음을 아프게 하다니!

찜아! 너도 너의 주인인 우리를 잊고 갈 각오를 하려무나.

마사토를 한 한 삽 가지고 와 찜의 누울 자리위에 정성스레 고루 깔고 녀석을 눕힌다.

나무숲을 뚫고 아침 해가 그곳을 따사하게 비추기 시작한다.

안녕 찜아! 나의 사랑, 찜아!

찜이 광활한 경계 없는 너머로 살금살금 들어간다.

세월이 앞장서가니 (Wed. Sep 19,'18)

평지는 그런대로 추스르며 곧게가나
傾斜길을 걸을때는 등이절로 굽는구나
세월이 앞장서가니 그러는걸 어쩌랴

<여백의 글>

수리네미(차유동) 고개를 넘기가 전같지 않다. 혹여 차 시간에 늦을까봐 빨리 걸어갈라치면, 그럴수록 다리가 더 무겁고 상체는 나도 모르게 앞으로 숙여지니 등은 절로 굽는다. 그래야만 속도가 빠른 걸로 아는 모양이다. 여유를 갖고 천천히 걸으면 야 그렇게까지는 안 되겠지만, 그럴 양이면 시간이 두 세배로 더 걸릴 일이다.

그렇거니 어릴 때의 기억이 난다.

동네 어머니들이 십여 리 떨어진 임천장을 보러갈 때는 동네 뒤로 난 산길을 넘어야 하는데 그 경사가 꽤 가팔랐다. 장에 갔다 정오가 훌쩍 지나서야 돌아오는데 그 때를 기다렸다가 꼬재기(고갯마루의 꼭대기)에 쉬고 있는 어머니들의 모습이 보이면 그 오르막길을 허겁지겁 헉헉대며 단숨에 올라가 장을 본 꾸러미를 받아오곤 했다.

이제는 조금만 속도를 내어 걸으면 헉헉댈 판이다. 삶이 한 바퀴 돌아 원점인 꼬마시절로 가는 걸까? 이러니 "늙으면 어린애"가 된다는 말이 여기에도 적용될 말이다.

그렇거니 생각과 정신은 맑아야 하련만…

그 번호 없다는데 (Wed. Jan 2,'19)

새해가 찾아오면 전화걸데 있었는데
받는분이 안계시니 돌아오는 편지일네
그번호 없다는안내에 허공만 바라본다

형제중 당신만이 夫婦함께 가셨으니
정이좋아 그랬나요 저세상이 그랬나요
전화만 갖고갔어도 이리답답 안할텐데

형제간 우애깊고 법없이도 살아온분
소유한것 하나없이 빈손으로 떠나신분
하늘하 당신께가신 형님內外 봐주소서

<여백의 글>

　작년에 세상을 뜬 둘째 뮌전화에 짐짓 전화를 걸었다. 새해맞이 인사인
셈이다. 그런 전화번호 없다는 안내가 울린다. 내 어찌 몰라 걸었을까, 그렇
게 친절했던 안내가 오늘은 매몰차게 야속하다.

　붙였던 편지가 "수취인 없음"하고 돌아온 것을 보는 느낌과 같구나. 형님
께 투정을 해봅니다. 소식을 주고받을 수 있게 핸드폰은 갖고 가실일이지!

5부 자연에서 喜怒哀樂을

가로수 감나무길 (Wed. Oct 15,'14)

산과들에 단풍드니 街路樹도 울긋불긋
감나무길 걷는당신 하늘使者 天使로다
비오니 社會꼴들이 당신같은 品性이면

차도에도 둑길에도 붉은감이 주렁주렁
자동차도 行人들도 여유로운 모습이다
감나무 가로수길이 이리좋은 情景인걸

人道위에 떨어진감 鋪道위에 딩굴딩굴
걷는이에 채이면서 곤죽되어 발버려도
누구도 에잇하면서 싫은내색 않는구먼

버섯 祝祭 (Sat. Oct 26,'14)

내고장 上村에서 버섯祝祭 벌렸는데
뒷장터에 모인人波 開設이래 첨이란다
참으로 제格에맞는 어울리는 잔치다

긴行列 이어지는 무료給食 점심인데
버섯으로 차린찬에 막걸리는 덤이로다
모처럼 축제분위기 情이철철 넘친다

어디서 돌아왔나 각설이가 찾아왔나
타령마다 박수洗禮 터져나는 웃음인다
十月볕 弱해졌는가 자리뜰줄 모르네

松栮에 능이버섯 精氣품고 下山했나
좀과모양 저잘났다 서로서로 뽐을낸다
빙둘러 값만물을뿐 사는이는 별로네

<여백의 글>
임산장 생겨난지 처음으로 인파가 많은 오늘이란다. 더군다나 장날도

아닌데, 길 가의 점포는 장날을 뺨친다.

버섯축제가 열린다는 가로 안내판이 붙은지 여러 날이 되었다. 요즘 지방마다 축제 벌리느라 바쁘다. 우리 영동에서도 금년에 벌써 두 차례 벌렸고 년 말에 곶감축제가 한 차례 더 남았다.

곶감축제라니! 엊그제 읍내에서 본 현수막이다.

"한·라오스 친선 무애타이(muay thai) 곶감축제"라 쓰여 있다. 고개가 좀 갸우뚱 해진다. 라오스에 곶감이 나올까? 상식적으로는 더운 나라이니 곶감이 날 턱없다. 그러니 그냥 "~친선 무애타이 경기"라면 될 것 같은데, 이 얼마나 황당한 행사며 짓거리인가!

이렇듯 말도 안 되는 상식 밖의 행사로 지자체가 멍들어 가니 결국 나라가 걱정이다.

거기에 비하면 오늘의 상촌 버섯축제는 얼마나 제격에 맞는, 이곳의 여건에 딱 맞는 面주도 행사인가! 민주지산을 주봉으로 곳곳에서 나오는 버섯이라니! 참으로 신선한 자연축제다.

진작 안 열렸던 것은 생각이 미처 닿지 않아서였던가 보다. 늦었지만 자랑스런 축제다

나도 점심때에 미리 약속한대로 이 교수를 맞나 행사장에 들렀다. 그리고 대열에 끼어 공짜로 주는 버섯국에 반찬을 받았다, 뿐인가 막걸리까지!

이 많은 사람들에게 버섯음식을 내놓다니! 여기에 들어간 많은 버섯을 대려면 이곳에서만 나온 것 갖고는 모자랄 텐데 어디서 사왔을까?!

봄날 한 때 친구와 (Sat. May 9,'15)

한그루 벚나무가 온동네를 밝게하니
그밑에서 대작하는 그대또한 꽃이로다
매일이 오늘같아라 오늘있어 좋으니다

　어느새 비었구려 또한잔을 받으시오
　이내잔도 비었습니다 넘치도록 따르시오
　안주야 야채면됐지 소반가득 뜯었습니다

불판에 돼지고기 지글지글 익어가니
쌉사름한 머구잎에 싸먹는맛 珍味로다
거기에 막걸리잔을 들이키니 그만이다

저구름 비가되어 (May. Jun 5,'15)

하늘에 비구름이 잔뜩덮여 있는데도
어찌하여 안내리고 내마음을 태우나요
저구름 다할때까지 비가되어 뿌리소서

<여백의 글>

해마다 이맘때에는 가뭄이 심하여 농사걱정을 하는 게 연례행사다. 금년에는 유난히 더 심하다.

매일 저녁나절에는 호스를 이용해 모종한 고추, 토마토 등에 물을 뿌려주어 간신히 살아가는데 그나마 고라니가 이틀 전에 내려와서 뜯어 먹어 꼴이 아니다.

풋고추나 따먹으려고 십여 개만 심은 것인데 사정이 이러니 어느새 내 맘 한 쪽에서는 포기해야 할 것이 아닌가 하는 생각이 든다.

오랜만에 비가 온다는 반가운 예보다. 전국에 걸쳐 내린다니 오는 건 틀림없겠으나 얼마나 오느냐가 문제라 여겼건만, 오기는커녕 가슴만 졸이게 한다. 하늘을 온통 뒤덮은 희뿌연 한 비구름이련만 내리지 않으니 그렇다. 저러다가 오늘 밤이 지나면 내일은 개는 게 아닌가하는 불안감이 든다.

이상도 하지, 장마 때는 비가 올 것 같지도 않은 하늘인데도 비가 내리고, 가뭄 때에는 올 것 같은 짙은 비구름이 끼었어도 저렇게 오지 않고 미적거린다.

제발 비가 흡족하게 내리면 좋으련만…

냇가가 마르고 날씨가 뜨거우면 우리 마음도 마르고 여유가 없다. 그러나 냇가에 물이 풍성하게 흐르면 정서가 살아 있고 마음이 풍요로워지는 것 같아 좋다.

이런 가뭄에 새로 당선된 대통령은 선고공약 이행이랍시고 前前 정권이 공사한 4대강의 보를 해체한다느니, 물을 빼어 흘러가게 하겠다며 지난 6월 1일부터 방류하였다. 이게 정신이 있는 짓인가. 보의 설치 목적은 이렇게 가물 때를 대비 해 물을 저수하여, 초래될 참담한 가뭄을 예방하는 수자원 이용이 목적이거늘, 하여서 그 목적에 부합하여 성공한 것이련만… 녹조 문제를 제기한 환경론자들에 동조하여 그렇게 한 것이다. 녹조란 기후와 온도에 따라 발생할 수도, 안할 수도 있으련만. 설령 녹조가 생겼다손, 이것은 보의 설치 목적의도에 비하면 해체, 방류해야 할 명분의 비중이 약한 일이다. 옛날 조선 왕조시대 같았으면 이 가뭄에 물을 저리 방류하여 농사 못짓게 해야 하느냐고 농민들이 삽과 곡괭이에 낫과 같은 농기구를 들고 분통을 터트리며 지방목사를 요절냈을 일이다.

강은 고사하고 대양 같은 우리 해안 바다에서도 녹조가 일어나지 않는가? 밀물 썰물이 수없이 반복되는 바다에서도 발생되는 것을 보면 강에서 일어나는 것은 너무나 당연한 현상이 아닌가. 녹조란 인간이 만들어낸 수질 오염 환경이 기후와 온도에 맞아 떨어지어 발생되는 일임은 뻔한 상식이이거늘!

어쨌거나 비야 제발 뿌려다오. 저 구름이 다 비가 되어 소진될 때까지, Amen!!

열매 (Sun. Jun 11,'15)

어릴적 우리집에 없던열매 그열매들
감꽃줍고 밤줍느라 주인눈치 따가웠네
오로지 대추나무한그루 그것이 다였는데

이제와 내집에는 온갖열매 있다한들
먹구싶다 졸라대는 아이들이 아니뛰네
심지어 벚나무열매 버찌까지 지천인데

꽃이진 그 자리에 흑앵열매 가지들을
사다리에 올라가서 손바닥을 물들이네
날씨가 이리좋으니 행복하다 소리친다

건강에 좋다하는 비타민木 열매들을
먹기보다 觀賞으로 두고보면 壯觀일네
발갛게 가지끝마다 주절주절 달렸도다

두꺼비를 보니 (Fri. Jul 17,'15)

등껍질 껍질속에 온갖나무 무성하고
노루여우 토끼들이 그속에서 뛰노는데
계곡물 졸졸내르는 옹달샘도 거기있네

　　<여백의 글>

　해 마다 이맘때가 되면 습하고 무더워서인지 두꺼비를 본다. 저녁 먹
고 슬금슬금 마당으로 바람 쐬러 나오는 것 같이.

　시커멓게 녹슨 쇳가루를 고약처럼 으깨어 붙인 것 같은 등피가 흉측도
하련만 어쩐 일인지 친근하고 사랑스럽기까지 하니, 왜 일까?

　나는 반가움에 얼른 잡아 학독 옆에 놔 주려고 쥐고 간다. 배가 불룩한
것이, 촉감이 그만이다.

　큰 것으로 보아 분명 암놈이다. 수컷은 의외로 몸통이 왜소함을 내가
보아 알고 있어서다.

追憶 再現하기 (Thu. Jul 31,'15)

장대에 魚網달아 어깨위에 둘러메고
해지기전 골짜기에 웅덩이를 찾아간다
엊그제 보아둔곳에 山川漁를 보아서다

마을앞 高子川은 물이맑고 제법깊어
큰놈들이 살것같아 큰期待를 했다마는
차갑고 맑아서인지 누가볼까 부끄럽다

굵은놈 골라내어 따로챙겨 가둬두고
잔챙이는 연못에다 놓아주니 고맙단다
친구는 언제올런지 안주감은 될것같다

피라미 떼를지어 잽싸게도 달아나고
내려쬐는 더위쯤은 물속이니 괜찮은 듯
녀석들 日光浴하며 遊泳하니 보기좋다

<여백의 글>

동창 친구가 내 집에 오고 싶다는 눈치다. 흔쾌히 화답을 하듯 "나도 민물고기 매운탕을 안주 삼아 막걸리 한 잔을 하고 싶다."하니 여간 반색 하는 게 아니다.

내 집 밭가 밑으로 계곡물이 흐르는데 간간이 가로지른 보 밑의 웅덩 이 속에 제법 큰 물고기들이 떼 지어 유영하는 것을 보았기에 한 소리다.

물고기를 잡으려면 어항을 놔야 하는데 난감하게도 사람에 따라 그 방 법이 각각 다르니…

파리가 극성을 부르던 여름철의 시골에서는 파리병 안에 물을 담아 놓 으면 밑에 놓은 먹이에 들어가 담긴 물에 빠져 죽게 하였다. 생김새가 밑 부분은 크고 위는 작은 입구로 돼있어 이것을 흐르는 물에 넣어두면 안에 넣어 둔 미끼(된장)의 특유한 냄새에 혹하여, 파리가 그랬듯이 주변의 물 고기가 병 안으로 들어가게 마련이다. 그래서 같은 용기라도 잡는 대상물 에 따라 '파리병'도 되고 '어항'도 되는 셈이다.

이렇듯 어항을 설치하여 물고기를 잡는다는 것은 유년기의 추억을 되 살려 그 시절을 즐기고 싶어서이지 굳이 민물 매운탕을 먹고 싶어서가 아 닌 것을.

하여간에 친구에게 큰소리를 친지도 일주일이 다 되어가는 오늘에서야 소재지의 철물점에 가서 어항을 살펴본다. 유리로 된 파리병이 아니고 투 명 비닐로 되어있어 모양 또한 고정된 게 아니다. 내심 내키지 않아 망설 이는 나에게 다른 형태의 것도 있다고 얼른 알려준다.

폈다 오므렸다 하는 것으로 틀림없이 우산 같은 원리다. 신기하게도 옛날에 들 일 간 어르신이 돌아오기까지 기다릴 때에 차려놓은 상에 파리 의 접근을 막았던 식탁보와 같았다. 다만 이것은 바닥(하단이 넓은 평평 한 부분)도 망사로 되어있어 고기들이 한 번 들어가면 빠져나오기가 힘들 도록 입구는 크고 안쪽을 향하여 구멍이 작게 난, 대 여섯 개의 誘引口가 만들어져 있다.

또한 안 쪽 바닥 중앙에는 미끼 주머니가 있어 사용 시에 우산을 펼치듯 어망을 펼쳐 물속에 넣어두면 영리한(?) 물고기는 냄새 맡고 망 안으로 들어간다.

공교롭게도 이 어망 또한 파리와 연관된 발상에서 얻은 작품인 것 같은데 도대체 파리와 물고기가 닮은데 가 있단 말인가? 파리병은 어항 역할을 할 수 있으나 어항은 파리망으로 쓰일 수 없으니 재미있어 웃음이 절로 인다.

가물 때는 냇가에 갈대가 무성하게 자라 키가 대단하다. 해서 그 갈대 숲을 조심스레 베어 보 밑의 웅덩이까지 드나들기에 지장 없도록 한 일이 어제였으니 이제 준비된 어망에 미끼를 넣고 장대의 한 쪽 끝에 매단 후 어깨에 걸쳐 메고 그리로 내려간다.

해질녘에 놓으면 다음 날 일찍 거두고, 그 시각에 다시 놓으면 해질녘에 거두기를 반복하면 하루에 두 번씩 걷어 올릴 일이다.

한 곳에만 놓으면 그 웅덩이의 고기가 없게 될 것 같아 산 쪽 계곡으로도 풀숲을 헤치며 나간다. 이렇게 하여 첫 회에서는 십여 마리가 잡히긴 했으나 잔챙이 뿐이고 씨알이 굵은 것이 엄지손가락만 한 것인데 그것도 두 마리 뿐이다.

분명 손바닥만 한 큰 놈들이 유영하는 것을 목격 했으련만 녀석들이 영리해서 인지 잡히지 않는다.

깊이가 배꼽까지 닿는 곳이니 큰 놈은 역시 크게 노나 보다.

여기저기 옮겨가며 5회를 거두어 올리면서 잡은 것 가운데 잔챙이는 연못에 놓아주고 좀 씨알이 굵은 것은 모아 두니 한 번 먹을 탕감은 될 듯 싶다.

이제 그 친구가 내려오기만을 기다리고 있다. 가끔 연못을 보면 작은 새끼 어족들이 떼를 지어 이쪽에서 저쪽으로 경주를 하는데 어찌나 빠르고 활력이 넘치는지 육상 선수들의 힘찬 출발 동작 같다.

신선한 물이 풍성한 연못에 여러 어족이 없어 보기에 좋지 않았는데 이번 계기로 잔챙이들이 힘차게 노닐고 우렁이와 올갱이 족은 바닥에서 잠영을 즐기고 메기 두 마리는 가끔씩 나타나는데 마치 행운의 날이라서 저들을 본 것이라 여기게 해주는 거만함 같아, 보고 싶어 하는 내 맘을 안 달 나게 하니 얄밉다.

이제 명실상부한 어족 水中場이 되어 보기가 좋아 기쁘다. 매운탕의 기쁨보다 노니는 것을 보는게 훨씬 큰 기쁨을 준다. 추억을 되새기게 했으니…

휴가철의 두 모습 (Mon. Aug,'15)

데크에 둘러앉은 사람수가 늘었는지
왁자기껄 情談들이 이집저집 부딪친다
휴가車 한 대일망정 길가옆에 駐車한다

온마을 쥐죽은듯 종일토록 비었는데
집집마다 전등불은 켜있어도 인적없다
귀향車 많이있어도 울안에다 駐車한다

　　＜여백의 글＞
　　저녁 먹고 마당에 서니 마을의 외등 빛이 잎에 가린 채 붉으래 주변을
밝힌 게 마치 가로등의 위치만을 말하려는 게 목적인 듯싶어 보인다. 여기
저기에서 떠들썩한 것이 오랜만에 휴가철을 맞아 찾아온 반가움을 나누
나 보다. 마을 집들이 나무에 묻혀 안 보이는데 요즘 새로 지은 앞 집 이층
집만이 유독 드러나 보인다. 마당까지 시멘트(cement)칠을 했으니 어련히
잘 보일까. 그 건너 집에서는 방안에서 나오는 소리가 들린다. 앞집 옆집
에서 떠드는 소리가 길을 건너 서로 오고 가느라 부딪친다.
　　정담들이 초저녁을 누비고 다닌다. 행복의 시간이다. 불현듯 여름과 겨
울의 다른 모습이 그려진다. 여름에는 차가 단 한 대라도 집밖의 도로에
놓기를 좋아하고 겨울에는 집 안(담안)에 두기를 좋아하는 모습 말이다.

自由찾아 脫出 (Sat. Aug 8,'15)

집안에 갇히어서 保護받아 살기보다
하루라도 天性대로 살다가면 願없으리
돌봐준 고마움이야 잔情으로 갚았습니다

그러한 네생각이 옳다하니 未安하다
새벽마다 내곁에서 지난잔情 어서보리
커니와 발길뚝끊는 야멸참이 얄밉도다

<여백의 글>
깜짝 놀랐다.
분명 잠근 현관문인데 어쩐 일인가

우리가 돌아온 것을 알고, 꿰이 밖에 있다가 얼른 현관을 넘어 거실로 들어가고 그 앞서는 촐랑이가 잽싸게 들어가는 게 보였다.

가슴이 철렁한다. 언제부터 문이 열린지 모를 일이지만 녀석들이 계속 밖에 있었을 텐데 달아나지 않았으니… 하지만 한 녀석 뽄드가 안 보인다. 아무리 부르며 집 주위를 한 바퀴 돌아봐도 보이지 않는다. 그야말로 행방이 묘연하다.

땀은 이마에서 뚝뚝 떨어지며 등골을 타고 줄줄 흐르는 지경이니, 언제 외출복을 바꿔 입고 자시고 할 겨를이 없다.

성당에서 막 돌아오자 접한 급변 사태는, 시간적으로 길게는 이미 세 시간이 훌쩍 지난 일이다. 그러니 찾기 보다는 자발적으로 돌아오기만을 바랄 뿐이다. 사실 그럴 가망성이 있기도 하기 때문이다. 이쯤에 미치자 마음이 좀 정리되는 듯싶다.

그러니까 현관문을 나서면서 열쇠를 넣고 오른쪽으로 돌린 후 뺏어야 잠근 것인데 그 동작은 머릿속에서만 이루어졌을 뿐 실제로는 열쇠를 꽂아 둔 채 확인도 안 하고 쫓기듯 나온 나의 정신없는 실수였으니 안식구가 뭐라 핀잔을 한들 그야말로 有口無言일 수밖에.

뽄드가 탈출(?)한 것은 분명 뀀 덕분일 게다. 녀석이 분합문을 밀치고 다시 현관문을 앞으로 연다는 것은 어림없는 능력 밖이요, 해서 감히 그럴 맘조차 먹지 못할 일이기 때문이다.

허나 뀀은 정반대로 상상을 초월한다. 힘쓰는 것이 그렇거니와, 평소에는 느린 녀석이 문을 열고 빠져 나가는 것은 잽싼 동작이다.

다행인 것은 현관을 열고 나와도 고작 마당으로 내려가 풀을 뜯는 것이지 절대 달아나지 않으니 녀석은 천생 애완描이다.

촐랑이는 새끼 때부터 데려다 키웠으니 순화되었을 뿐이지 태생이 야생이니 틈만 나면 달아남직 하련만 의외로 겁쟁이인지, 순해서인지 녀석 역시 밖에 나갔다가도 뀀보다 더 빠르게 먼저 뛰어 들어온다.

뽄드가 이번에 뛰쳐나간 것은 세 번째이다. 지난해와 지지난 해 겨울에 나갔다가 사흘 만에 돌아온 전력이 있다. 딴에는 밖의 세상이 호기심이 있어 나가보긴 했겠지만 추운 겨울에 먹거리가 제일 어려웠을 것이다. 주워 먹을거리가 있다 쳐도 얼어 있는 것을 어쩌랴! 보고만 있을 그림의 떡이지, 거기에다 견디기 힘든 긴긴 밤의 추위를 어찌 이겨낼까.

그러니 사흘을 못 참고 새벽같이 마당에 들어서면 서부터 "야옹야옹"을 하며 제 놈이 왔음을 알리니 돌아왔다는 그 자체가 반갑고 고마워 문을 열어주면 얼른 들어와 동생인(한 배이니) 촐랑이와 기쁨을 나누는 모습에 우리 내외를 뭉클하게 한다.

그런 경력으로 보아 이번에도 삼 일 쯤 지나면 돌아올 것으로 믿었으련만 하루 이틀을 더 넘기는 동안에도 나타나지 않으니 완전 예상 밖의 일이 되었다.

녀석이 돌아오지 않으니 속이 타 찾으러 나섰다. 저녁 먹고 으스름한 초저녁에 동네 고샅을 오가며 "뽄드야 뽄드야"를 부르면 엉뚱한 녀석들이 힐끗거리고는 관심이 없는 듯 하는 것을 보면 실망감이 커지고 속만 상하다. 그러면서 녀석이 괘씸하기도 하고 배신당한 기분이 들어가는 와중에도 우리 내외가 녀석을 기다리는 하루는 천리 길 가는 시간인데, 두 주가 지나고 한 달이 가까워지니 이제는 그만 포기해야 되나 여기게 되었다.

남아 있는 촐랑이가 뽄드를 찾는 표현은 애처롭다. 새벽녘이나 초저녁이면 창문틀에 올라앉아 밖을 보며 "야옹" 하면 혹여 뽄드를 보았기에 그러나싶어 얼른 밖을 향해 부르기도 해보나 공허한 적막뿐인 빈 마당만 보인다.

두 녀석이 함께 운동하듯 뛰어 놀던 모습을 볼 수가 없으니 저러다가 촐랑이가 우울증에 빠지지 않을까 걱정이 든다.

뽄드가 없으니 촐랑이의 애처로운 애교는 우리 마음을 아프게 한다. 연약하고 맑은 "야옹" 소리를 내며 안식구를 더 가까이 따르는 모습은 얼마나 외로 우면 그러랴싶다!

이제 그 녀석이 돌아온다고 치더라도 녀석을 받아드릴 수는 없다. 숨겨 있던 야성을 온전히 되 꺼내 自然描가 되었을 것이니, 오히려 그 놈이 와서 잘 지내는 촐랑이를 꼬드겨(?) 함께 달아날까 두려워서 이다.

어쩌면 그렇게도 발을 뚝 끊고 한 번도 왕래하지 않는 녀석이 한없이 얄밉지만, 이제 와서는 잘 순응해 살아가고 있는 모습을 보여주면 하는 바람이다.

원래 자연인 野外가 너의 집이라는 것을 생각하면 그간 우리는 우리

자신을 위해 너를 보살펴 준 것이지, 너를 위해 한 것은 아니었나 싶다. 그러니 한편으로는 잘 됐다 싶기도 하고 자유 찾아 나선 너의 모험심이 대단하다 싶다.

본드야! 험한 세상이니 교통 조심하거라. 그래도 그렇지 용맹스럽게 변한 네 모습을 보여주기 위해서라도 한번쯤은 와 보려무나.

<덧붙이는 글>

그저께 일이다. 어둑어둑한 초저녁에 밖에서 "야옹" 대는 소리가 들린다. 분명 본드의 목소리다. 이게 얼마만인가! 그동안 발을 끊고 아무 기별도 없다가 이게 웬 반가운 소리인가!

"본드야!"를 연신 부르며 나가니 녀석이 달아났나 보다. 마당에서 나던 소리가 좀 떨어진 곳에서 나는 것으로 보아, 도망간 것이다. 덥석 달려들어 안길 일이지 한 발짝 가까이 가면 녀석은 어둠 속에서 두 발짝 내빼나 보다.

이렇게 애타게 부르며 문을 열어둔 채 하룻밤을 보내고 다음날인 오늘이다. 어제와 같이 여전히 초저녁부터 "야옹" 소리가 들린다. 녀석이 무심하다 했건만 이렇게 우리를 잊지 않고 찾아온 것만으로도 고맙다. 엊저녁과 같이 실랑이를 벌리다가 어찌어찌 했던지 한 순간에 녀석이 거실로 들어왔다, 이미 한 밤중이다.

아무튼 고맙고 다행이다. 하지만 그간 새끼를 뱃속에 앉고 들어왔다면 이를 어찌한다? 한 쪽 뒤편에서 좀 쓸쓸한 현실에 걱정이 인다.

복숭아를 안주삼아 (Tue. Aug 18,'15)

주변의 복사농사 농약살포 수시하나
냇가옆의 主人丈은 홀로淸淨 無公害라
열매도 솎음질없이 저희들이 하라둔다

봉지를 싸지않고 맨살내민 純色이니
따고싶은 충동보다 보는 것이 感歎이라
햇살이 일궈낸調和 色의神秘 극치로다

어느새 桃花지고 열매익어 지천인데
이곳저곳 나무밑에 따는손길 망설인다
손에쥔 비닐봉지가 터지도록 가득찬다

복숭아 붉어붉어 뽐내듯이 자랑인데
막걸리를 둘러앉아 안주삼아 잔권한다
마당가 복숭아밭이 居室內로 들어온다

<여백의 글>
오늘 같은 날씨가 좋다 해야 할지? 그러기는커녕 걱정이 인다. 가물어

서다. 작물에는 별 지장이 없으나 여전히 불안불안 할 정도로 물이 부족하니 마음조차 가물어진다.

가을 김장용 채소 씨를 뿌려야 하는데…, 냇물이 풍족히 흘러야 할텐데…, 동네 상수도 물 나오는 水勢가 약한데…. 모두가 불안한 현상이다.

날씨가 얼마나 뜨거 우면 커가는 풋 땡감이 익었다고들 할까. 그렇거니 조석으로 기온이 달라졌음을 느끼니 가을이 온 게 분명하다.

오후에는 추풍령 사무엘 집에 갔다. 오랜만이다. 복사꽃이 피어 갔을 때 "무릉도원이 여기로 세"하며 좋은 곳에 터 잡은 것을 축하해 주었던 그때처럼 오늘도 매곡의 이교수와 함께 갔다.

내를 건너니 잘 익은 복숭아가 탐스럽게 보인다. 검붉은 색이 싱싱한 자연 그대로다. 남들은 모두 봉지를 싸주어 보기 좋은 상품이 되게 했으련만 사무엘은 그냥 놔두었다. 심지어는 속아내지도 않은 채다. 그러니 약을 쳐주며 관리한다는 생각은 아예 해본 적이 없는 그이다.

무엇보다도 복숭아가 손대지 않은 자연의 색깔이요, 꾸밈이 없는 화장 안한 本色 그대로다.

요즘 같은 人工시대에 보기 힘든 색깔이다.

세 사나이가 거실에서 막걸리를 앞에 놓고 복숭아를 안주 삼아 마시는 맛이라니….

언제 들어왔는지 마당가의 붉은 복숭아밭이 저 앞에 있는 황학산과 함께 통유리 거실 문을 뚫고 들어와 우리 옆에 앉아 있는 느낌이니, 운치 그만이요 우리가 바로 老鶴요 신선이다.

그동안에 cecilia는 밭에서 복숭아를 따고 있다. 큰 비닐봉지에 붉은 복숭아가 가득 가득 터질 듯이 담겨 있다.

오늘 오후는 오랜만에 행복한 추억 만들기였다.

어느새 해가 앞산으로 들어간다. 함박웃음을 띠면서.

赤裳山 둘러 文殊殿에 (Thu. Oct 1,'15)

백화산 끝자락에 반야사가 숨었는데
수봉재를 돌고돌은 반야湖가 알려준다
호랑이 머리위에선 문수전이 아찔하다

문수전 올라서니 계곡물이 저밑인데
건너편의 백화山景 언뜻정상 스쳐간다
보살님 자비로구나 秋雨불러 해갈푼다

林道를 돌고돌아 적상정상 닿았는데
淸淨萬水 깊은湖에 仙女내려 목욕한다
치마끈 풀어휑구어 붉게우려 물들인다

<여백의 글>
　무주의 적상산은 가히 장관이다. 허리춤쯤에 바위가 빙 둘러 그 사이
에 단풍이 물들어 있어 산 이름에 걸맞기는 하나 그보다 눈에 딱 띄는 것
은 산상의 호수다. 정상이라고는 하나 뾰쪽한 봉우리가 있는 게 아니고
넓은 수평인 인공 담수호인 셈인데 움푹 팬 자연 분지형의 공간에 인위적
으로 석축 댐을 만들고 그 아래에는 적상 저수지를 만들어 전기가 부족한

비상시에는 낮에 호에 담긴 물을 내려 떨어지는 낙차로 발전을 하고 밤에는 다시 물을 산상의 저수호로 저수하는 것이 반복적으로 일어나는 소위 우리나라 두 번째 양수발전소로서 공사에 7년이 걸려 1999년 5월에 완성됐다 한다. 그전에도 청평에 양수발전소가 있었으며 그밖에도 또 있다고 한다.

이 명물의 담수 인공호는 깊이를 가늠키 어려운 것 같은 청정 호수요 그 옆에 세워진 관망대에 오르면 덕유산이 질펀하게 병풍을 펼쳐있는 듯이 서 있다. 관망대의 맞은쪽에 보이는 안국사는 물에 잠긴 원 사찰 호국사 터를 바라보고 있는 듯한 모습이 오후의 가을 햇살 속에서 외로워 보인다.

감 사과라 불러볼까 (Mon. Oct 26,'15)

알맞게 솎아낸듯 열매들이 달리더니
거름좋고 가물은게 감나무에 藥이었나
세상에 걱정이인다 너무크니 곶감될까

생감이 사과같아 감사과라 불러볼까
생긴것이 크려니와 색깔또한 그렇구나
곶감이 되던안되던 크고보니 기분좋다

豊作에 열매크니 따는일이 벅차거늘
깍는것은 어찌한다 박피기를 急求한다
일단은 따기만하면 이틀이면 다깍겠지

이틀이 더생겨도 부족하다 할판인데
영월행사 참석중에 서리올까 불안하다
비오니 順한날씨로 부족한날 채우소서

<여백의 글>
이 바쁜 때에 내일, 모래 양일간 영월에서 개최되는 국제 박물관 포럼

(forum)에 참석을 해야 하니 안 갈 수도 없어 애가 탄다.

그곳에 가 있는 동안 된 서리가 내릴까 봐서이다. 그간 두어 차례 내린 무서리쯤은 괜찮지만 여기에 된서리라도 맞는 날이면 감이 물러 곶감농사가 망치기 때문이다.

아침, 저녁의 날씨는 그럴싸한 늦가을 날씨어서 괜찮다 싶지만, 한낮의 온도는 봄인 듯 기온이 높다.

백봉 오골계 수놈이 "꼬끼오"하며 내는 목청은 봄을 여는 신호 같고, 산새들이 분주히 나는 것은 제 짝을 찾는 듯하다. 삼삼오오 짝을 지어 여기저기 헤집는 닭들을 보면 틀림없이 봄의 운치를 드러내는 풍경이니, 이 모두가 날씨가 주는 혼란이다.

이렇듯 엄히 다른 二重의 기온이니 감 깍을 시기를 언제로 할지 저울질하기가 힘들어 차일피일 눈치를 보는 중이다. 예년 같으면 20일 전 후부터 따기를 했으련만 금년에는 일주일이 더 지났어도 여전히 망설인다. 이러다 갑자기 서리가 내릴까 봐 일단은 감을 따서 저온 창고에 넣어두는 참이다. 그러다 찬바람이 살랑대면 깎아 걸어 둘 셈이다

이틀 공백을 보상받는 뜻으로라도, 그 이틀에 이틀을 더하여 날씨가 순해지길 바랄 뿐이다.

영동에서의 행복 (Thu. Sep 10,'15)

자전거를 타고 가면 여유가 있어 좋다. 휙휙 지나치는 차에서 맛 볼 수 없는 여유로움이다. 연한 녹황금색의 벼 잎에 맺은 영롱한 이슬이 이른 햇살에 비치어 반짝이는 것은 마치 은 구슬전구에 불이 들어오면 저렇게 보이겠지 싶다. 마지막 氣를 뿜어내는 벼 잎들은 동학군의 뾰죽뾰죽한 죽창들이 작은 산골 들판을 지키기라도 하듯 경계를 서고 있다.

연록의 잎과 연황금색의 결실이 어울리는 조화는 아직은 연하고 순하나, 보름만 더 있으면 저 벼들은 온전히 순금의 황금색으로 변할 것이다. 그 때에 삿갓배미에 있는 벼 색깔은 은행잎보다 더 맑고 순수하여 어느 것과도 비교할 수 없을 지경임을 나는 안다.

어느덧 날씨가 소슬하니 목에 목도리를 둘러야 자전거를 탈 때 내 몸을 보호할 수 있으니, 도대체가 내 체력이 약해져서인가 아니면 그럴 정도로 과연 기온이 내려가서인가, 양단간에 하나임은 틀림없으련만, 아무튼 가는 세월이 빠름을 자연이 말해 준다.

東山위에 해는 한 팔을 재고 올라선 듯 이제 막 봉우리를 박차고 나타난다. 오늘도 비올 기미하고는 먼 무심한 하늘이다. 가을 가뭄이 심해서인지, 그럴수록 이슬이 많이 흘러내린다.

참으로 청량한 아침 맛을 보면서 내가 읍내로 다닌지 일주일이다. 컴퓨터를 배우기 위해 읍사무소로 향하는 게 꼭 그리로 출근하는 것 같아 묘한 기분이 들기도 한다. 일정한 시간에 집을 나서 면 소재지까지 자전거로 내려오고 곧 이어 버스를 타고 가는 규칙적인 일과니 그렇다. 느즈막에 무슨 교육이냐며 무시해왔건만 친구가 갑자기 전화로 수강신청을 해서 어쩌지 못해 참여는 했으나, 사실은 어느 정도로 기본은 익혀야지 하며 망설해 왔던 터다. 교육 내용을 못 따라가도 좋다. 이렇게 오늘처럼 자연을 보면서 한 달을 오고 가는 것 그 자체로 행복할 터이기 때문이다.

마침 이 달 첫 날부터 郡에서 발급한 무료 교통카드를 이용 한다는게 재미있다. 곁들여 하는 말이지만 요즘 郡內 버스는 만원사례다. 교통가드를 갖고 부담 없이 버스를 이용하기 때문에 노인들에게는 이것보다 더 실용적인 선물은 없다. 현금을 내고 타는 젊은 싹들은 가뭄에 어쩌다 나는 콩인 셈이다.

영동에는 별천지인 특화구역이 있다. 보건소, 노인복지관, 장애인복지관이 서로 붙어 있고 대로 건너에 읍사무소가 있는데 이 모두가 후반 인생들의 생활공간이요, 교육의 장이다.

예컨대 읍사무소에서는 컴퓨터 교육을 주로 하고 보건소에서는 생활스포츠 댄스를, 양 복지관에서는 합창, 서예, 회화, 기술 등 다양한 프로그램을 제공하는데, 모두가 무료이니 후반 인생들은 부담 없이 편한 맘으로 건강증진과 교양 열공에 임한다. 또한 복지관에서는 점심까지 제공하는데, 재미있는 것은 한 끼 당 이천 원만을 받는다는 사실이다. 그렇다고 내용이 부실한 것도 아니요, 요일마다 부식이 다르니 집에서 먹는 것보다 영양으로도 균형을 잡아 주는 게 틀림없을 일이다.

이런 여건이다 보니, 모든 교육생들은 오전 수업(?)이 끝나면 복지관을 향해 몰려간다. 그러다보니 어느새 점심을 먹고 나오는 교육생과 엇갈리게 되어 자연히 그 도로는 분주하고 활력이 넘쳐난다. 막상 음식점(?)에 들어서면 200여 석의 의자가 꽉 차있는데 줄을 서 기다려 食盤을 받을 즈음에는 먼저 온 분들이 마치고 일어서니 저절로 자리는 해결되어 간다. 여기에서 거의 무료인 밥을 먹는 것도 '뭣'한데 매 금요일에는 더욱 뭣하다. 봉사자들이 출동하여 식반을 놔주고 끝나면 가져가기까지 하니 손님(?)들은 앉아서 먹고 일어서기만 하면 된다. 그야말로 상대접을 받는 호강을 누리는구나 싶어 또 뭣한 생각이 든다. 왜냐면 첫째는 미안함 때문이요, 또 郡에서는 '이렇게까지 해야 하나?'하는 생각에서이다.

'이렇게 까지란?' 무료 버스에, 무료 교육에 또 무료나 진배없는 식사 제공 등의 복지郡政을 두고 한 말이다. 재정도 어려운데.

아무튼 우리 영동은 더 할 나위 없이 살기 좋은 곳이다. 높은 산이 둘러 있어 계곡과 골이 깊으니, 자연 맑은 물이 항상 넘쳐나는 천혜의 복 받은 곳이요, 맛있는 과일이 사철 풍성하게 생산되는 곳이다.

이달 말에 文友인 베로니카 일가들이 내 집을 온단다. 자그마치 다섯 명이. 그래 '잘 됐다' 싶다. 이왕 그럴 양이면 기차로, 그것도 새마을호 아닌 무궁화호를 ─ 새마을의 값은 무궁화호의 거의 배에 가까우나 시간은 겨우 20여 분 빠를 뿐이니 이것은 완전 '사기호'인 셈이다 ─ 타고 올 것을 말해줘야지 그리고 점심은 이곳 복지관으로 안내하고. 값 때문이 아니라 동화 속에서나 있을 법한 '시간을 초월한 비현실'을 어디서 격어보랴! 다음은 실제로 영동에 새로이 생겨난 특화구역을 견학 하도록 하리라.

내달 10월 달에는 오후반이라 늦게 끝나니 점입가경일 上村의 자연을 귀가 때에는 볼 수 없을 텐데 이를 어쩐다!?

영동 發 특종 記事 (Fri. Nov 20,'15)

어제까지 손수레에 생감상자 날라다가
박피기에 아침부터 쉴새없이 깎은 것을
정성껏 행어에걸어 希望띄어 매어단다

　　동짓달 立冬중에 부슬부슬 웬비인가
　　三週연속 궂은날에 매단감이 곰팡스네
　　벌까지 나라다니며 윙윙소리 달겨든다

밤사이에 떨어진감 붉은꽃이 피었는가
생감담던 그수레에 눈치우듯 담아내니
四年前 겪었던慘狀 또겨으니 암담하다

　　年年歲 새봄되면 푸성귀나 가꾸다가
　　과실나무 맺은열매 욕심없이 관리하며
　　하늘이 지어주신걸 感之德之 받으리라

<영동예총> 2015 권

<여백의 글>

어제까지는 작업량을 정해놓고 부지런히 깎았다. 그랬던 것을 오늘부터는 반대로 열심히 걷어낸다. 이는 마치 앞으로 흐르는 수로를 막아 방향을 한 순간에 거꾸로 역류시켜 흘러가게 하는 것과 같다. 곶감 얘기다. 금년의 곶감 만드는 실황이다.

첫날에는 50여개, 그 다음날에는 배의 양이… 삼일 째부터는 상상을 초월하는 양을, 아예 곤죽이 되어 흘러내린 것을 가래로 밀어 담아 내야 하는 처참한 진풍경이다.

4년 전에도 이런 일이 있었다. 그때는 올해처럼 심하지 않아 치우기는 쉬웠다. 그런데 금년에는 숨을 쉴 때마다 툭, 툭… 하고 떨어지는 소리가 나더니 하룻밤 사이에 이중삼중으로 겹겹이 쌓여 바닥을 불그레하게 꽃 순이 깔리듯 덮고 있다.

시월 초만 해도 방송마다 감 풍작을 보도했다. 그때까지만 해도 날씨가 좋아 다 그런 줄로 여겼다. 보도는 농민들에게 썩 좋게 느껴지지 않는 듯, 걱정인지 정보인지 서로 소식을 건네곤 했다.

다른 집 감도 좋지만 금년의 우리 감은 유별나게 좋았다. 적당히 열린데다 영양이 좋아선지 사과 크기는 저리 가라 할 정도요, 색깔 또한 그렇게 고왔다.

시월 따가운 햇살에 하루를 더 놔두면 놔둔 만큼 실하게 살이 붙는 탓인지 급기야는 가지가 휘어지다 못해 꺾어지는 지경이다. 그렇거니 그 꺾어진 가지가 아깝다기 보다는 내 맘이 흐뭇해지니 이 어인 까닭에선가!

이쯤 되면 '나도 명실공히 감 농사(?)하는 축에 낀다.'라 여기게 되어서이다. 사실 자전거를 타고 소재지 쪽을 오갈 때면 그렇게 꺾어진 감나무를 보게 되는데 그 주인은 한결같이 감 농사를 잘 하는 분들이어서이다.

이때쯤 되어서야 금년에 곶감을 얼마만큼 생산할 수 있을지를 계산하며, 그러자면 혼자 하기가 벅찰 테니 박피기를 구입해야겠다 싶었다. 남들은 지난 연말에 보조 신청을 하여 구입했다지만 나는 수작업으로 여유

있게 쉬엄쉬엄 할 일이지, 무슨 대량 생산을 하는 것도 아닌데… 하며 전혀 구입 생각을 안했었는데, 풍작이라는 바람에 공장에서 한 대 남은 것을 구입하니, 마치 막차 버스를 운 좋게 잡아 탄 행운인 듯싶었다. 그랬거니 그 풍작의 감을 따 여유 있게 깎을 셈으로 저장고에 넣어 둔 생감을 꺼내어 하루에 평균 다섯 콘티를 깎으니 열흘이 걸려서야 끝이 났다. 그러는 와중에 날씨가 추적되기 세 주를 넘으니 가뭄이 극심한 충청도 내포지방은 그런대로 해갈이 되었으나 아직도 湖의 담수 부족량은 18억 톤이 모자라다는 뉴스이다.

차라리 삼사일 걸쳐 비다운 비가 온 후 반짝 날이 들어 전형적인 늦가을의 날씨로 돌아선다면야 곶감 농사에 지장이 없으련만, 천장에다 선풍기를 몇 대씩 설치하여 바람 일으키는 것은 약과요, 진즉에 날씨 조짐을 감 잡은 농가에서는 부랴부랴 열풍기를 돌려놓고 건조하나, 그런 식으로 하는 곶감 만들기가 얼마나 큰일이며, 또 인위적으로 그렇게 만든 곶감이 과연 자연의 맛인 제 맛을 낼 리가 있을까? 참으로 농사의 애로가 이만저만이 아니다.

한 해에 곶감으로 얻는 수익이 우리 面에서만도 어림잡아 20억 원 이라는데 "곶감郡"인 영동군 전체로 보면 금년에 입는 손실이 최소한 兆단위일텐데 이 어찌 참담한 일이 아닐까!

곶감 농사를 믿고 미리 승용차를 빼낸 어느 분의 난감해 하는 표정이 스쳐가고, 상심하여 자살자가 생겼던 4년 전의 악몽들이 떠오른다.

오늘은 곤죽이 된 곶감을 가래로 밀어내어 큰 다라에 담아 세 차례를 감나무 밑에 부었다. 봄에 좋은 거름이 되라 기도하듯이 중얼대며 "이게 어디 보통 거름이냐? 온갖 정성이 배어있는 곶감 거름인데…"

하늘은 여전히 비구름으로 덮였다. 아~니, 빗방울이 뚝뚝 떨어진다. 안개비가 아닌 보이는 방울이니, 이게 다 떨어져야 비구름이 없어져 하늘이 맑아지려나?!

이상 영동에서 속 터지는 곶감 소식을 특종으로 우명환이 긴급 보도
합니다.

다음의 참담한 대화로 끝을 맺는다.

"베드로, 지금 뭐 해요?"

"밭에 가는 중입니다."

"아~니, 이 우중에 왜?

"배추가 다 녹는대요."

"그럼 어떻게 하지?"

"뽑아 놔둬야죠!"

"아, 그래요?"

"그럼 나도 밭에 나가 봐야겠네!"

이번에는 김장할 배추까지 녹는 모양이다.

새끼거위 入植 (Wed. Dec 2,'15)

그 옛적 故鄉추억 日常에서 느끼고자
새봄맞아 우선으로 새끼한쌍 사왔니다
얼마나 기다려야 쫓아오고 따라올까

어느덧 훌쩍자라 휘적휘적 으스대며
수라군들 순찰하듯 엄포놓는 소리낸다
누군가 맞닥치면 기겁하여 달아날라

흐리가 일었구나 헤집다가 나왔느냐
미꾸라지 치어들을 害치지는 말아야지
水面이 氷板되면 그때에는 어쩔테냐

　　<여백의 글>
　　섣달로 들어서니 바람은 윙윙대고 눈발이 흩날린다. 자연 진산이 운신
하는 폭이 눈에 띄게 줄어든다. 제집 밖으로 나오지 않고 고개만 내밀고
짖는 경우가 많다.
　　아무래도 날씨가 추워지니 체온 유지를 위해 그러는 것 같다. 그러다
가도 검침원, 택배기사 혹은 처음 찾는 낯선 사람이 오면 본연의 임무수

행이라도 하듯 나와서 짖는다.

녀석의 집은 연못 위쪽 백송나무 밑에 자리 잡고 있으면서 오는 이들을 제일 먼저 반겨주고, 제일 늦게까지 남아 배웅해 주는 예의를 지킨다.

얼마 전까지만 해도 연못에서 자맥질 하고 있는 거돌이와 거순이를 보면 못 참고 짖기를 하다 제풀에 꺾여 수그러지더니 이제는 이골이 났는지 쳐다보지도 않고 심드렁하다.

그들이 연못을 가려면 녀석 앞을 거쳐야 하는데, 그때는 가만있다가 물속에 들어가 헤엄치는 여유를 부릴라치면 그제서야 자지러지게 짖는다. 아마도 그러는 꼴이 제 비위에 거슬리는지, 아니면 저는 추워하는데 찬 물속을 아랑곳 하지 않고 헤집는 그들의 여유가 저를 약 올리는 것쯤으로 여겨서인지….

제 세상인 듯 물을 즐기는 그들의 모습을 보면 그럴 만도 하다. 하루에도 수시로, 심지어는 햇살이 퍼지기 전부터 그리니.

길고 굵직한 잘 생긴 목을 내밀며 물을 가르는 모습은 당당 하기도 하려니와 도도하고 귀티까지 풍기니 추위에 웅크리고 있는 진산이 저놈 처지와는 차원이 다르고 품격이 달리 보이는 게 당연할 일이다.

내가 거위와의 첫 인연은 중학교 입학 하고서이다. 학교가 있는 읍내를 오고 갈 때에는 변두리에 있는 외딴 농장 앞을 지나야 했는데 이런 때에는 녀석들이 소리를 내며 칠면조와 함께 입구까지 쫓아 나오곤 한다. 그러면 우리는 물릴까 봐 기겁을 하며 뛰었던 때도 있었다.

그때의 경험으로 보아 거위나 칠면조는 집을 잘 지켜주는 걸로 알고 있다. 그러면서도 난폭하지도 않고 새 같은 가금류라서 좋은 인상을 갖고 있던 중이다. 해서 이곳에 정착하면서 처음에는 견공을 몇 마리 키우며 한 편으로는 넓은 공간을 자유롭게 노니는 거위를 보고 싶어 쌍으로 들여 놨다. 하지만 깃털이 자라고 빨랑댈 즈음에 매어 놓은 개 목줄이 끊겨 녀석들을 덮치는 바람에 화를 당하길 2년 연속 이었으니 그 후로 포기한지 십여 년이 훌쩍 흐른 금년에 이르러서다. 마침 지난봄에 연못을 확장하면서 떠오른 게 거위였다.

'그래, 금년에야 말로 거위를 다시 키워 봐야지. 예년처럼 견공들이 초소(?)마다 있는 것도 아니고 진산이 혼자이니 거위에게 큰 위협이 될 것도 없고…' 해서 따뜻한 봄날에 사놓은 것이다. 다행히 화를 당하지 않고 수개월이 지나자 어느덧 훌쩍 컸다. 새끼 때에는 진산이 앞을 얼씬거리지 않다가도 무심코 녀석 앞까지 오면 날뛰는 기세에 혼비백산 달아나더니, 이제는 반대로 거돌이 거순이 양 날개를 펼치며 시위하듯 하는 위풍에 쥐죽은 듯 가만히 지켜보기만 한다. 그러다가도 진산이가 벌떡 일어서면 그대로 달아나는데 그때에 일으키는 바람에 팃검불이 날리고 시원하기까지 하니, 그 위용은 대단하다. 그걸 보고 있는 나는 그저 우습기도 하고 신기하게 여길 뿐이다.

거위는 사람을 보면 쫓아오는 천성이 있는데 우리는 이것을 해치러 오는 것으로 여긴다. 하지만 내가 보기에는 녀석들이 사람을 너무 좋아하여 달려 드는 것으로 보인다. 녀석들은 낯선 사람이나 주인을 봐도 큰 소리로 꽥꽥댄다. 그것 또한 반가워 내는 환호성이리라. 그들이 달려들 때에 목을 뺀 채 소리를 지르면 가히 위협적이라, 덕분에 녀석들 둘이 집을 잘 지켜주고 있는 셈이다.

녀석들은 붙임성이 얼마나 좋고 또 똑똑한지 주인이 외출 할 때는 반드시 경계까지, 심지어 차 뒤를 그렇게 따라 온다. 또한 이웃 밭과의 접한 경계를 알아 남 채전에 피해 주는 일 없이 경내만을 자유롭게 순찰까지 하니 얼마나 영리한가.

앞으로 한 마리 남은 진산이가 세상을 뜨면 나는 거위만 한 쌍 키우리라. 그러면서 찬물도 아랑곳 하지 않고 자맥질 하는 녀석들을 보면 나도 진산이처럼 웅크리면서 겨울을 보내지 않도록 하는 반면고사로 삼으리라

새해에는 自然닮은 삶을 (Wed. Dec 30,'15)

세월은 늘어나나 보람은 작아지네
끝나는 點 못찾으나 짐작만은 하느니라
또한해 이렇게가니 보람없어 恨하노라

봉사를 하자하나 차편이 안따르네
肉身體力 쇠퇴하니 달리방법 없다마는
信仰도 때가있다네 건강할 때 진력하라

이제는 놓아야지 건강이 제일이네
약초채소 재배하며 씨뿌리고 가꾸면서
그렇게 자연닮은 삶 自然삶을 누리리라

<여백의 글>

한 해를 돌아보고 새해를 맞는 송구영신에 글을 쓰는 게 얼마만인지 모르겠다.

이천열다섯 번째의 아기 예수님 탄일도 지나고 내일이 금년의 마지막 날이다.

딱히 좋았고 잘 했다며 내세울 것도, 반대로 언짢고 나쁘다 할 일도 없다보니 역시 '그냥 그렇게 보낸 한 해'였다.

사회란 모름지기 더불어 사는 것이련만, 특히 어렵고 딱한 처지의 사람을 돕고 배려하는 삶이어야 보람과 품격 있는 삶이라는 것을 알면서도…. 그것도 신앙 공동체 안에서의 일이라면 더욱 그러련만, 이제는 겨우 기본적, 소극적으로 할 뿐 적극적인 활동을 못하고 있음을 내 스스로 알고 있을 정도니, '이래서야'하는 자탄을 금치 못한다.

지난 한해는 '조마조마한 해'였다고 말하련다. 비가 내리지 않으니 농부들 마음이 그랬고, 급기야는 정부에서 하는 일조차 그랬다. 저수지가 바닥나니 제한 급수는 물론이요. 전력 생산까지 불안한 지경에 이르렀으니 말이다. 오죽하면 이명박 정부의 큰 국책사업인 4대강 사업을 그렇게도 끈질기게 붙잡고 늘어지며 되씹던 야당들조차 금강보의 물을 끌어 서산 당진 보령 쪽의 水道源으로 쓰는데 끽소리 없이 무언의 찬성을 했을라고, 해서 일사천리로 水路공사를 하고 있으니… 만약에 그렇게 하는데 충남의 안희정 도지사가 딴지를 걸었다면 도민의 민심은 물론이요 전국 민심이 야당에게 더더욱 등을 돌렸을 일이다.

그런 극심한 가뭄과는 상관없이 '이래도 되는 건지' 할 정도로 미안하게도 나는 풍족한 물을 보며 마음의 평화까지 누린 한 해였다.

하기사 버려지는 물을 잘 활용하겠다하는 절약의 마음에서 만약을 위한 조치로 얻은 결과이니 따지고 보면 미안해 할 일도 아니다.

아무튼 간이 상수도의 넘쳐흐르는 물을 내가 쓰기 위해 관을 이어 매설한 후 못을 만들어 저수하니, 뜨거운 여름에 대지가 메말라도 내 맘에는 항상 맑은 물이 넘쳐나 여유와 평화가 깃드니 이 아니 행복인가!

밭가 밑으로 흐르는 냇가에 고기들이 노닐고 있어 이곳에 아침저녁으로 어망을 넣었다 꺼낼 때마다 십여 마리씩 잡힌 것을 못 속에 넣어주면 그곳이 제 수역으로 알고 꼬리치며 사라지는 것을 보는 마음 또한 행복에 젖는다. 이렇게 여러 차례 어망 질을 해 잡은 치어들이 노니는 게 눈에 띌 때마다 또한 행복을 맛보았다. 이쯤에서야 어망을 거두면서 내년 이맘때에는 이들이 제법 큰놈으로 자랄 것을 상상하면서 웃어본다. 한편으로는 급한 성질에 메기가 유유히 노니는 것을 보고 싶어 내 집에 자주 들르는 스테파노로 하여금 대전 오정동 어시장에서 사온 것을 풀어 놓고 관상꺼리로 삼았으나 녀석들이 어쩌다 보이니 그런 날에는 내 스스로 "Oh Happy Day" 혹은 "Lucky Day"라 하며 기뻐하곤 했다.

희한한 정경도 목격했으니 물총새를 본 일이다 이것은 단순한 일이 아닌 '행복한 사건'이다 메기나 잔챙이 떼를 보는 기쁨에 하루에도 몇 번을 연못 둘러보는 때가 행복한 나에게 긴 부리의 새가 화들짝 날아가는 바람에 내가 되레 주춤했던 어느 날이다 "아~니, 저건 물총새인데…" 순간 큰일이다 싶었다. 잔챙이 물고기들이 노니는 것을 꽁고 있다가 순간에 긴 부리로 낚아채 갈테니 말이다. 해서 즉시 그들을 보호해 주기 위해 솔가지를 꺾어 연못의 한 쪽을 덮었다. 뜨거운 햇볕 막아주는 그늘을 만들뿐만 아니라 그 속에 숨어 있으면 새가 뚫고 낚아채지 못하기 때문이다. 그러면서 나는 연못 주변을 산책하는 횟수가 더 잦았다. 그놈은 감시가 심하여 헛수고임을 알았는지 그 후로는 나타나지 않았다.

세상에! 그 연못이 전부터 있었던 것도 아니요, 지난해에 만든 것을 어찌 알았으며, 당시에는 치어가 없어 오지 않았던 녀석이 몇 마리 치어를 잡아넣자마자 어찌 알고 왔는지? 치어를 노리는 것은 물총새만이 아니라 비둘기도 있음을 알았다. 밭가를 따라 옹벽 밑에 있는 냇가는 협곡같이 생긴데다 갈대가 무성하여 날것들의 접근이 불편하겠으나 이곳 파놓은 연못은 헤벌어진 트인 공간이니 녀석들이 날고 활동하는 데는 더없이 편해 이렇게 물고기들을 불안하게 하는 모양이다. 환경이 바뀌니 순응하는 다른 자연이 생긴다는 사실이 흥미롭지 않은가! 아무튼 치어 낚아가는 것을 직접 보지는 못했으니 다행이요. 요즘 같은 환경에 희귀한 물총새를 본 자체가 참으로 행복했다.

금년에는 곶감을 하나도 건지지 못했다. 건지지는 커녕 어떻게 생겼는지 조차 볼 수 없이 무참하게 다 흘러 떨어져 버렸다. 처음에는 카트(cart)

로 여러 차례 담아 치웠지만 그것도 일이라고 꾀가 나 미룬 사이에 거위가 자꾸 그곳을 찾아 가는 것을 무심코 놔두었더니, 어느 날엔가는 녀석들 부리에 감이 붙어 있는 것이 눈에 띄어 알고 보니 평상위에 흘러내린 곶감을 주식이듯 먹어 치우고는 무거운 배를 기우뚱 대며 연못으로 내려가 유영을 즐기곤 한 것이다. 이 추위에 녀석들이 이렇듯 행복하게 먹으며 깔끔하게 훔치듯이 치운 것도 모른 채 지냈다는 사실이 나를 새삼 행복하게 했다.

새해에도 이렇게 보다 자연 속에서 행복을 갖는 마음의 여유가 있으면 좋겠다.

어인 造化인가. (Fri. Jan 22,'16)

쪼그리고 앉았느냐 어찌그런 자세인가
한보름을 苦痛받기 産苦보다 더했을라
늦저녁 主人이오니 기다린 듯 가는구나

짝그리며 울부짖는 남은거위 가련구나
弔問하듯 네옆에서 밤샘하며 지키더니
다음날 四方八方을 휘적대며 짝찾는다

저러다가 제命대로 살아가기 어림없지
그럴바에 삶을맺어 너도따라 가려무나
다음날 변을당하니 어인造化 이러한가

<여백의 글>

　마당 입구에 들어서니 거위가 꿰액꿰액 소리를 낸다. 주인님이 오셨느
냐는 인사다. 그런데 이상하다는 느낌이 든다. 녀석들은 밤에 소리 내는
법이 없다. 개와 다른 게 개는 밤을 지키는 임무가 있어 밤에 짖는 것이
일이나 거위는 낮을 지키기 때문에 낮에만 꿱꿱댄다. 새벽 여명기에서부
터 온 지경을 돌아다니면서 그런다. 그러나 밤이 되면 조용히 제 집에서

잠을 자야하는 녀석들이련만 지금 저렇게 대뜰에서 꿰액꿰액 해대니, 그것도 한 밤중 두시인데… 인사도 좋지만 뭔가 좀 이상하다.

집안에 들어서니 "오늘 진산이가 풀여져 거위를 물었다."한다 순간 나는 맥이 딱 풀린다. '아니, 진산이 한테 녀석들이 물리다니…' 믿기지 않는다. 그래서 녀석들이 제 집으로 안가고 저렇게 대뜰에서 지내는구나.

다 자란 거위들은 거침없이 다니다가 기분이 좋으면 땅위를 붕 떠서 10여 미터를 나르는 녀석들인데 진산이 한테 당하다니 이해가 안됐다. 뿐인가 녀석들의 날개 짓에 진산이가 스치기만 해도 떨어져 나뒹구르련만… 거위가 양 날개를 펼치면 거의 2m가 되는 것이 단단하기는 갑옷인데.

다행이도 진산이가 위 마당을 휙 가로질러 가는 게 눈에 띄었으니 망정이지, 그렇지 않고 후미진 곳에서 물리고 뜯기기를 계속 당했다면 어찌 됐을까! 생각만 해도 끔찍하다.

더 커서인지 어느 날부터는 그들이 쉰다는 곳이 하필이면 진산이 앞이었던 게 불찰이었지. 그래 내 속으로는, 이제는 녀석들이 진산이의 공격 쯤은 능히 방어할 수 있어서 그러려니 여기어 그냥 놔 둔 것이 지금에서 보니 또한 주인의 큰 실수였구나 싶어 후회가 된다.

농민문학의 큰 행사가 있어 내가 일찍 집을 나선 바로 이어 일어난 일로써 한 녀석은 그 후로 지금껏 꼼짝 안한 채 물린 녀석을 지키고 있는 중이라면서 상희가 하는 말이다. "아빠 같으면 엄마가 아플 때 저렇게 할 수 있겠어?" 결국은 아빠가 거위만도 못하다 힐난하는 딸의 말에 부끄럽기도 하면서 가슴이 메었다. 그런 취급을 받는대서가 아니라 이 춥고 추운 17°의 영하 날씨에 짝을 위로하고 걱정하는 미물의 끈질긴 사랑과 따뜻한 동행에 대한 애린 마음 때문이다.

밤이 깊으니 상처를 자세히 볼 수는 없으나 크게 물린 것 같지는 않아 보이기도 하고, 그런가 하면 다른 놈은 연신 꿰액꿰액 소리를 내어도 물린 놈은 소리를 내지 않고 앉아만 있는 것으로 보면 어딘가 크게 당한 것 같기도 하여 종잡지 못하겠다. 아무튼 '이 혹독한 추위를 이기고 잘 아물어 나아야 할 텐데…'하는 걱정뿐이다.

아무리 추워도 연못 속을 헤집는 그들이지만 물린 상처는 아프고 시릴 테니, 그 부위는 성한 부위화는 다르지 않겠나. 물속을 못 들어 갈테고, 설령 잠수를 한다 해도 그 부위가 단번에 열어 동상에 걸리고.

그래도 다행이라 위안을 해 본다. 짐승이니 자연 치료의 자생 능력을 믿어본다. 그래, 앞으로는 진산이를 조심하며 지내기를 바란다. 그놈은 어디까지나 개놈이니 물거든, 아무리 순해도, 그게 본성이니. 이번에 뼈저린 교훈을 얻었으렷다. 이놈들아! 빨리 회복하려무나!

<덧붙이는 글>

결국 녀석은 밤사이에 갔다. 내가 집에 늦게 돌아와 보니 두 놈이 연못 근방의 수도전 옆에 있다. 하나는 쪼그려 앉아 있고 또 한 놈은 바싹 붙어 서성댄다. 쪼그린 녀석을 얼른 보니 때맞춰 목은 땅위로 기울어진다. 목은 따스하다 아~! 이놈이 지금 숨을 거두는 모양이다. 어쩌면 참고 참았다가 주인을 보았으니 제 소임을 마쳤다며 이제 편히 가게 되어 다행이라며 가는 것 같다. 나는 녀석을 앉고 목털을 쓰다듬어 주면서 그를 보냈다. 그렇게 간 녀석을 남은 한 놈이 밤샘을 하며 지켜주는 것을 나는 거실에서 보고만 있었다.

다음날, 그리고 또 다음 날 까지 녀석은 너무 애처롭게 지냈다, 가끔식 꿰르륵, 꿰르륵 소리를 허공에 울부짖듯 토한다. 앞서 간 짝을 그리워하는 울부짖음이 분명하다. 평상시의 "꽤액 꽤액" 소리와는 다르다.

저럴 바엔 차라리 너도 함께 가면 내 맘이 편하련만… 혼자 남아 어떻게 그리 지내겠느냐. 그런데 이 어인 일인가! 이것도 조화란 말인가! 그 녀석이 또 내가 집을 비운 사이에 진산이가 일을 벌여 그 날 밤을 넘기지 못하고 비명에 갔으니! "저럴 바엔 차라리…"라 하긴 했으나 구정을 앞둔 연말연시에 이 무슨 참혹한 조화란 말인가!

금년에는 너희를 생각하며 새로운 두 쌍을 사서 너희 뒤를 잇게 하마. 그러면서 개보다 너희들이 더 좋다며 예찬하리라.

내어찌 외면하랴 (Sat. Apt 2,'16)

해맑은 벚꽃망울 톡톡튀며 경쟁하다
손까불며 나오라고 星火같이 재촉하네
내어찌 모른체하며 늦잠잔다 외면하랴

<여백의 글>

올해에도 벚꽃이 흐트러지게 필 모양이다. 꽃망울이 튀밥튀듯 서로 경쟁하며 톡톡 솟아난 것이 어찌 이리도 밝은지!

마침 주말이라는 핑계로 늦잠을 자볼까 하다가도 남창으로 보이는 하늘이 저리도 맑고 맑은데… 맑은 하늘, 해맑은 벚꽃망울이 어서 '밖으로 나와 보라'고 손까불고 있는 것 같아 박차고 일어난다.

나가서 'Good morning'하고 한 마디만 해도 그들이 좋아 할 텐데, 아주 좋아 할 텐데…

벚꽃망울 (Sun. Apr 3,'16)

꽃망울 방싯방싯 둘러보며 인사한다
일년만에 만났으니 사연인들 오죽할까
벌들이 제일먼저와 반갑다며 방방댄다

黃木連 한 그루를 (Tue. May 3,'16)

黃木連 한그루를 마당가에 심었더니
세월지나 꽃이피니 잎이폈나 꽃이폈나
손모아 하늘향하니 天福받아 오나보다

香내가 나는건지 안나는지 은은하니
산골처녀 민낯얼굴 살갗體臭 그香이라
옆에서 바라만봐도 그럴수록 이끌린다

天性에 안맞는지 화사함을 모르더니
봉긋하여 滿開해도 크던작던 맞춤이라
봄비를 머금은꽃잎 하늘닮은 순수로다

꾀꼬리 짝을이뤄 찾아들기 바랐더니
온갖잡새 좀새들이 먼저알고 오는구나
黃鳥歌*¹⁾ 吟味하면서 五月酒*²⁾를 마시련다

*1) 고구려 2代 유리왕이, 떠나간 셋째 왕비인 치희를 그리워하며 나무 밑에서 쉴 때 짝
을 지어 노니는 황조(꾀꼬리)를 보고 지었다는 우리나라 최초의 서정시인 한시이다.
"펄펄나는 저 꾀꼬리 암수서로 정답구나. 외로운 이내몸은 뉘와 함께 돌아갈꼬"
황목련이니 같은 황字 붙은 황조가를 끌어냈고, 또한 그 꾀꼬리가 요즘 녹음철에

울기 때문에 떠올린 것임.

2) 五月 달에 마시는 술, 즉 제철인 산채를 안주삼아 마시는 술은 막걸리가 제격이다. 특히 가죽나무의 순을 넣어 부침이한 장떡안주는 이 때에만 맛보는 별미이다. 산채 종류에 따라 푸짐한 재료를 안주 삼아 마실 수 있는 기회가 자주 있는 五月이니 가히 '막걸리의 달'이라, 해서 붙여본 표현임.

歲月이 吐해내는 말 (Wed. May 25,'16)

참으로 이상하네 별일이네 힘이드네
작년하고 올해하고 이렇게 다를수가
내년엔 풀도못베고 이러다간 묵히겠네

참으로 힘이드네 이럴수가이상하네
두어시간 남았는데 놔둔채 그냥두니
미련이 남아있구나 자꾸자꾸 뒤를본다

쉴때에 나무에서 열매를 따먹으니
피로회복 기분드나 육신은 힘이드네
歲月이 吐해내는말 아이구야 어렵구나

梅實따기 (Sat. Jun11,'16)

밤꽃피자 梅實떠니 제철절기 용하도다
손만대도 우술우술 열매들이 떨어지니
어딘가 벌레먹었네 藥안치니 그래서다

높은가지 잡아끄니 휘지않고 꺾여지네
휘는것이 罪라더냐 타협한다 뭐라더냐
성인의 복음말씀을* 이놈들이 實踐하나

열개중에 한개만이 성한채로 붙었으니
온전한놈 따기보다 병든놈을 떨어낸다
수확기 한달앞서서 미리약을 칠까보다

*마태오 복음 5, 29~30 말씀.
"네 오른 눈이 너를 죄짓게 하거든 그것을 빼어 던져 버려라. 온 몸이 지옥에 던져지는
것보다 지체 하나를 잃는 것이 낫다. 또 네 오른 손이 너를 죄짓게 하거든 그것을 잘
라 던져 버려라. 온몸이 지옥에 던져지는 것보다 지체 하나를 잃는 것이 낫다."
매실나무는 '죄 지은 말 잘 듣는 나무'인가 보다.

예초기 돌리면서 (Mon. Jun18,'16)

예초기 돌리면서 몇시간을 풀을베나
신기하다 재미있다 구경오는 애들없네
이러니 부모일손을 덜어드릴 맘생길까

혹여나 다칠세라 소리치며 쫓아내도
얼씬대며 주변도는 옛날우리 그랬는데
지금은 바쁘다한들 일손과는 無關하니

농촌에 태어나서 자라나고 成年되어
大處나가 직장얻어 그생활이 몸에배니
胎生이 農村이란들 농사일을 알리없지

煉炭이 돌아왔네 (Thu. Sep 22,'16)

煉炭이 돌아왔네 나를좋아 찾아왔나
삼십년이 지났건만 잊지않고 고맙구나
조금도 변한게없어 지난일이 새록난다

나이가 들어선가 전기세가 두려웠나
젊은때가 좋아선가 지난시절 그리웠나
구들장 덥혀주는너 기특하고 고맙도다

肉身이 편안함은 내八字에 사치려니
찬새벽에 起床하여 탄불갈기 재미있다
남들이 뭐라든간에 朝夕으로 즐겨한다

탄재는 낮은곳에 盛土하듯 돋귀놓니
패인곳은 메워지고 밭가둑이 채워진다
熱氣로 소독된재는 病蟲害가 없으리다

<여백의 글>

지난여름에는 전기세가 사회적 문제로 되어 시끄러웠다. 요금이 하도 많이 나와 맘대로 에어컨을 틀기 겁나 아예 사용을 안 하니 무용지물인 애물단지로 되고 말았다 할 정도였다. 과장인 듯한 말이긴 하나 쓰면 쓸수록 누진세가 불어나니 그럴 만도 하다.

내 집 같은 경우에는 여름이 아니라 겨울이 문제다. 여름에 일어났던 도시에서의 아우성이 내 집에서는 겨울에 일어나기 때문이다. 말이 그렇지 한 달에 60여 만 원이 넘게 요금이 나오니, 될 말인가! 해서 대책을 마련한 것이 연탄보일러 설치였다. 그러면 난방비가 삼분의 일로 해결될테니.

내가 도시 생활을 했던 80년 대 후반까지도 연탄으로 난방을 했다. 물론 아파트들은 70년대부터 도시가스가 공급되었으나 단독 주택들은 거의 다 연탄으로 난방을 해결했다.

시월 만 들어서면 매 주일마다 겨울 준비를 했다. 마당의 분재를 위해 비닐하우스 설치하는 일이 한 번에 될 일이 아니기에, 첫 주에는 파이프 뼈대 설치하기, 그 다음 주에는 비닐을 뒤덮어 씌우는 일로, 또 그 다음 주에는 두 겹 비닐을 씌우기, 마지막 주에는 하우스 안에 연탄난로 설치하는 것까지 끝내야 외부(?)월동 준비가 마쳐진다. 그런 다음에야 내부(?) 본채인 방 월동 준비를 한다. 먼저 겨울 동안 쓸 수 있는 양의 연탄을 충분히 갖다 두어야 서서히 습기가 말라져 마른 것을 쓰기 때문에 일시에 천 팔백여 장을 들여놓는다. 그러고는 거실에 연탄난로 한 대를 설치 해두는 것으로 겨울 준비는 끝나게 된다.

추운 1월인데도 하우스 안에는 보온이 잘된 화원이 되어 매화꽃이 만발한 별천지를 보곤 한다. 이렇게 하자니 탄재가 매일같이 20여 장씩 나와 이틀 만에 큰 마대를 가득 채우곤 했다. 그것을 대문 밖에 내 놓으면 청소부들이 새벽녘에 치우는데, 어쩌나 고마운지 봉급날이면 사례금을 꼬박꼬박 주곤 했다. 돌이켜 보면 단독 주택에서만 볼 수 있는 흔한 관행이었지.

시골에 내려온 지 17년이 지난 이제 와서, 연탄보일러를 설치하고 연탄을 또 그렇게 많이 들여 놓고 성능을 확인하기 위해 시험 삼아 피우기까지 해보니 새삼 지난 삶들의 애환이 새록새록 떠오른다.

그때와 다른 것이라면 탄재 처리 때문에 신경 쓸 일이 없다는 것이다. 오히려 제가 많이 나오면 나올수록 좋겠다는 생각이 든다. 밭가의 낮은 곳에 바수어 놓으면 메꿔지니 그렇다. 내년 봄이 오면 그곳에 씨앗을 뿌려두면 좋을 것 같다. 불로 소독된 흙이니 병충이 생기지 않을 터! 거름만 주면 청정 채소로 잘 자라나겠지. 이렇게 메꿔주고 농약 안 쓰는 일에, 내가 부지런 떨 수 있는 계기 또한 되어주니 이래저래 좋고 좋다.

그러기에 연탄 피우는 오늘도 나는 즐겁기만 하다.

여보게 아니 좋은가 (Sat. Oct 15,'16)

두릅순 꺾었는가 봄나물이 지천인데
그중에서 가죽순은 장떡안주 으뜸이니
여보게 마트에들러 막걸리만 챙겨오게

南風에 먹구름이 소낙비를 몰고오니
잘되었네 핑계김에 일손놓고 한잔하세
여보게 아니좋은가 부침개를 지지리다

벼이삭 익어가니 버섯따러 산에가세
들기름에 송이버섯 안주감이 생겼는데
진간장 도토리묵도 갖춰있어 십상이오

밤새껏 내린눈이 장독대를 감싸안고
벽난로는 이글대니 한겨울이 포근하네
이런데 자네와함께 對酌않고 어찌하리

농민문학 가을호 (통권101호)

落葉이 달린다 (Thu. Dec 1,'16)

출발선 등마루에 바람일어 신호하니
낙엽들은 선수되어 쏜살같이 내달린다
落葉이 競走하다니 허허하며 속아본다

<여백의 글>

갑자기 이는 바람에 밀려가는 낙엽을 본다. 보아하니 밤나무 잎들이
웅크린 채 잘도 날린다. 스케이트 선수들이 앞서가니 뒤서거니 경주하는
장면 그대로다.

오늘 따라 바람이 세차다. 다행이 찬 기운은 아니나, 십이월 바람이니
목도리에 모자를 눌러 쓰고 고갯길을 넘는 중이다.

신기한 장면을 본다. 등마루 길가에 쌓여 있던 낙엽들이 갑자기 이는
세찬 바람에 포장길을 따라 떼잡이로 이리로 가다가 순간 진로를 봐꿔 저
리로 간다. 마치 등 바람을 맞으며 질주하는 꼬마들의 잽싼 스케이트 치
는 동작이다.

그래, 낙엽이 발이 되어 주었구나. 그래서 난생 처음 신나게 달리는, 기
분 좋은 그들이다.

그것도 스케이트 타고!

돼지감자 (Fri. Dec 30,'16)

똥자루 시원하고 밑구멍이 깔끔한게
끼니마다 돼지감자 한두쪽을 먹어선가
산짐승 닮아가는지 화장지에 흔적없다

＜여백의 글＞

돼지감자가 당뇨에 좋다하여 농촌에서도 인기가 대단하다. 밭둑 밑에
나 유휴지에 닥치는 대로 심어 놓은 것을 본다. 불명예스럽게도 나는 몇
해 째 당뇨 약을 먹어오고 있다. 돼지감자가 좋다하니 그 잎과 꽃이 좋을
것은 당연하다. 하여 봄이 되면 새잎을 다른 여러 잎과 섞어 아침마다 즙
을 만들어 한 잔씩 마신다. 요즘 같은 겨울에는 늦가을에 캔 것을 긁고 닦
아, 씻고 씻어 건조한 것을 씹어 먹고 있다.

그 감자 생김새가 울퉁불퉁 하기에 꼭 처용의 탈과 같아 사이사이에
낀 흙을 제거하기가 보통 일이 아니다. 먹다가 흙이 씹히면 입속에 있는
것을 모두 뱉어야 하니 흙 알갱이 하나라도 있으면 허사 일일 터다. 해서
캔 것을 흐르는 찬물에 깨끗이 작업을 한다는 게 보통 인내가 필요한 것
이 아니다.

금년에는 그렇게 씻은 것 중 작은 것은 두 쪽으로 큰 것은 네 쪽으로 굵
직굵직하게 잘라 건조기에 말리니 딱딱하고 깔끔하게 말라 병에 오랫동
안 넣어둬도 보관 상태가 좋았다. 그것을 이렇게 끼니마다 한두 쪽씩 먹
으니 방귀가 자주 나오고 똥자루가 크다. 어찌나 큰지 항문이 찢어질 지

경이다. 이러니 항문에 용종이 생길 겨를이 없을 정도로 씻어낼 것 같다는 생각이 든다. 신기하게도 변이 어찌나 깔끔하게 똑똑 떨어지는지, 뒤처리 휴지에 흔적이 없다. 이렇게 말한 것을 과연 믿어줄 이 있을까!

이왕이면 색깔 있는 과일이 좋다기에 흰 것은 골라, 지금 먹는 것이 되었고 붉은색은 씨감자로 놔두었다. 새 봄에 그 씨를 심어 온통 붉은 색 돼지감자 밭이 되게 하리라. 밭에 아직 안 캐고 있는 것은 필요할 때마다 캐어 생으로 먹던지, 건조기에 말려 먹으면 될 일이다.

말린 것은 어찌나 딱딱한지 조심해서 씹어야한다. 잘못하면 이가 빠질지도 모를 일이다. 정면으로 이와 부딪히면 현악기 튕기는 소리가 날 정보로 딱딱하기 때문이다.

대낮에 넋두리를 (Mon. Jun 16,'17)

마신다 막걸리를 점심대용 막걸리를
그러면서 넋두리다 절로 나는 넋두리다
벚꽃이 화사할때에 불러주심 아니될까

막걸리 마신후에 낮잠자는 오후세시
그때쯤에 자는중에 불러주심 바라나니
누군가 휜이불위에 벚꽃송이 뿌려주면

카드와 통장비밀 二쏘九四 정한 것은
二天年代 아흔네살 소망담은 숫자라네
하지만 그것도많다 五·六年만 있다가면

나이가 드는 것을 죽음死者 오는 것을
병원간다 막아내랴 동무하며 지내야지
하여서 健康檢診도 부질없다 안받는데

애비가 서울까지 친구弔問 다녀오면
그게바로 애비에미 죽음임을 알으련만
언제쯤 세월가야만 그런속을 들을는지

<여백의 글>

새천년 들어서면서 아흔네 살까지 살 것 같은 예감의 소망을 담아 카드와 모든 통장의 번호를 2094로 바꾸었다.

요즘 흔히 백세까지 사는 삶이라 하여 "백세세대"라고는 하나 이 얼마나 긴 세월인가

지루하지도 아쉽지도 않을 나이 그리하여 2천 년대에 94세 까지 살면 딱 좋을 것 같아 2094로 정한 것이다.

驛카페 황간마실 (Thu. Jan19,'17)

나그네 쉬자는데 부담되면 안되나니
지나치지 아니하고 들려주심 고마웁네
驛카페 마실왔으니 서로얼려 친구하오

하여서 無人카페 心性찾는 공간이니
無心으로 즐기란다 일깨우는 役割하네
취지를 아시었나요 自作自足 즐기시오

배꽃香 퍼져나고 온갖果花 滿發하니
벌나비짓 요란하네 豊年農事 말해주네
전망이 제일좋은곳 驛카페가 여기라오

놓은峯 處處山에 깊은계곡 골골이니
그늘짙고 물이맑아 到處마다 名所라네
어느새 햇포도인가 마실온듯 나누시오

가을을 거두는가 농촌일손 모자라니
大處나간 자식들이 歸鄕하여 분주하네
힘들게 꾸러미든손 잠시놓고 쉬다가오

전주의 까치집에 눈발내려 감싸주니
驛카페의 무쇠난로 이글대어 포근하네
하얗게 紛난곶감은 茶와함께 십상이오

<여백의 글>

율리아나가 사양하는 '행복한 달팽이' 집에 오늘부터 선우가 와서 아르바이트를 한다.

그가 하는 말이 황간역 2층에 구름마을 조합원이 운영하는 '무인 카페'가 있단다.

무인카페란 말에 뜻이 짐작되기는 하나, 신기하기도 하고 확인하고 싶어 자꾸 수작을 걸었다.

마을 기업으로 운영하는데 운영자인 책임자는 일찍 나와 문을 열어놓고, 손님들이 편안하게 차를 마실 수 있도록 준비만 해놓고는 자기 일을 하러 간다. 오고 가는 손님이 들러 온갖 품목의 갖춰놓은 차를 기호대로 골라 마실 수 있는데, 아무리 여러 잔을 마셔도 값은 삼천 원이란다. 그의 설명을 듣고 나니 당장 가보고 싶은 충동이 인다. 다음에 황간 거치는 기회가 있으면 꼭 들르리라.

요즘 같이 험하고 사악한 세상에 이 얼마나 순박하고 욕심 없는 운영방식인가? 이는 분명 장사속이 아닌, 다른 맑은 마음에서 배려된 게 분명하다 싶다.

여기에 어디 "상술"이란 표현을 쓰랴! 해서 일부러 "운영방식"이라는 긴 말을 쓴 뜻을 밝힌다.

그곳에 들르면 우리 인간 본연의 심성을 퍼 올릴 수 있는 '맑은 샘'을 볼 수 있을 것 같다.

그곳의 차를 마시고 삼천 원의 찻값을 놔두는 것 자체가 그 맑은 心性

泉水의 氣를 받는 것이리라.

그 카페가 우리 영동을 자랑스럽게 하는 역할이 되어 고맙다는 생각을 하면서 앞 두 聯은 무인카페의 취지를 담고, 뒤의 네 聯은 四季에 카페를 연결해 구성한 것으로 구름마을 기업이 발전하기를 진심으로 기원한 것임.

땡감따기 (Sat. Oct 26,'17)

수없이 오늘처럼 虛空친적 없습니다
하면서도 얻은 것은 아무것도 없습니다
불그레 탐스런감이 장대에서 빠집니다

감보다 사람숫자 훨씬많이 보입니다
사람들이 장대들고 분주하게 보입니다
탐스런 보물이네요 사람보다 커뵈니다

새벽에 서리오고 저녁공기 스산하니
차량들이 競走하나 거침없이 질주하네
사람이 바쁘다키로 차들까지 덩달으니

간밤에 내린 봄비가 (Thu. Mar 15,'18)

한겨울 맹추위에 얼어붙은 옹달샘이
밤새도록 쉬지않고 봄비내려 녹았구나
溪谷물 흐르는소리 맑은소리 合唱일세

물이괸 登山路에 까만동자 물룡알이
부화되어 꿈틀대니 새생명의 神秘구나
간밤에 내린봄비가 몰래놔둔 膳物일세

진달래 생강나무 굳게닫힌 꽃망울이
봄비내려 만져주니 冬眠에서 깨는구나
곱게핀 봄의傳令花 大自然의 復活일세

春分에 찬 눈 내리니 (Wed. Mar 21,'18)

봄이온줄 알았는데 겨울눈이 펑펑오고
바람또한 차거우니 봄감기가 氣勝떤다
춘분에 찬 눈 내리니 돋아난싹 움츠릴라

봄나무 순 따 보내며 <small>(Mon. Apr 23,'18)</small>

봄꽃이 떨어지니 새순들이 競爭인데
오가피와 두릅순에 엄나무가 끼어든다
바구니 어깨에메고 香氣까지 따담는다

막걸리 안주감은 나무순이 最上이니
도시친구 생각하며 싱싱하게 보내야지
戀人에 보내는마음 그맘으로 보내야지

친구들 友情앞에 질투심이 난다마는
술상옆에 내가있다 자리하나 비워두오
그러면 토라진내맘 돌아설지 혹시아오

<여백의 글>

　온갖 봄나물이 나오는 때이니 먹거리가 풍성한 요즘이다. 그중에서 새
순은 안줏감으로 그만이니 나에겐 지금이 축복받은 시기이다.

　오가피가 제일 먼저 나오고 뒤이어 두릅이다. 뿐인가 가죽나무, 엄나
무 순까지 불과 한주사이에 모두 순이 돋아난다.

　지난주에는 쑥을 잘라 명국이에게 보냈다. 데치어 방앗간에 가지고 가

쑥떡을 해 먹으면 별미로 훌륭하다. 남은 것은 냉동실에 보관했다가 녹색을 볼 수 없는 한겨울에 또 그렇게 하든지 아니면 국을 끓여 먹으면 향이 그대로 살아나 특별한 맛을 즐길 수 있다는 설명까지 곁들여서다.

참으로 해맑은 날씨다. 오전 중에 풀을 뽑고 점심은 장떡을 붙여 막걸리를 마시는 걸로 대신할까보다. 밀가루 반죽에 고추장을 풀어 죽순을 넣어 붙이는 장떡은 독특한 맛으로 봄맛의 대표적 서민 안주이다.

내 친구 중에는 배동이, 성익이, 응수, 세 명이 있다. 모두 중학교 동창들이다. 그들은 모두 건강한 중에 자주 만나 술을 즐기며 보내니 내가 그들을 부럽게 여기기도 한다. 심하게 말하면 질투심이 느껴지기도 한다.

걸핏하면 응수를 찾아가 사무실에서 보내며 민폐를 끼치는 족속(?)들이다.

오늘은 내가 약을 올려주려고 장떡을 안주삼아 막걸리 한 모금을 넘기면서 전화를 했다. 순을 뜯어 보낼 테니 생으로 먹든지 아니면 너희도 장떡을 붙여 즐기라고 하면서.

그럴 양이면, 내가 함께 있듯이 빈자리 하나 남겨 놓는 것도 재미가 있으련만….

여보게 요즘재미 (Tue. Jun 12,'18)

여보게 요즘재미 어떠냐고 묻는다면
食前에는 풀즙짜아 한 대접을 마시고는
끼니는 온갖풀뜯어 비빔밥해 먹는다네

여보게 요즘재미 어떠냐고 또물으면
해뜨기전 벌레잡고 해질녘에 풀을베고
한낮에 나무열매따 새참이듯 먹는다네

여보게 어떤열매 따먹느냐 묻지말게
산딸기에 오디에다 버찌앵두 계속인데
그중에 비타민열매 즙이많아 푸짐하지

여보게 요즘재미 어떠냐고 그만묻게
밥먹으면 밥값해야지 놀수야 없잖은가
夕陽에 내부를테니 막걸리를 한잔하세

<여백의 글>
정말이다. 요즘 재미가 있어 행복하다. 자연이 주는 사소한 먹거리가

나를 이렇게 행복으로 이끈다.

열매들이 풍성하고 온갖 뜯어 먹을 풀이 많아 끼니때가 돼도 신경 쓸 필요가 없다. 밭에 나가 상추 잎 몇 장 뜯어 치커리에다 뽕잎을 따서 섞고, 미나리. 초석잠, 돼지감자와 방풍 잎을 한 장씩만 뜯어 섞어도 비빔밥 거리가 훌륭해 그렇다. 고추장과 간장 그리고 들기름 한 숟갈이면 준비 끝이다.

각종 열매는 신기하게도 연이어 나오지, 일시에 나지 않는다. 맨 먼저 산딸기로 시작되더니 벗나무 열매, 오디, 앵두가 그 뒤를 잇는다.

올해에는 버찌가 많이 맺었다. 벗나무가 많은데다 많이 맺기도 하였으니 버찌가 지천일 밖에. 버찌가 아무리 씨알이 작기 로니 까맣게 익은 모습은 어느 동물의 눈동자 같은 게 반들반들 윤기까지 나서, 그렇게 보이는 듯싶다. 익어가는 속도감도 있어 보인다. 그야말로 시시각각으로 까맣게 익으니 따먹고 돌아선 다음 몇 시간 후에 보면 또 익어있다.

나는 사다리까지 이동시키며 완벽하게 정복한다. 몇 차례를 따먹는지 손바닥에 붉은 물이 들었고 흐르기도 한다. 포만감까지 느끼고서야 따먹기를 그친다.

여보게 장황하게 그려서 미안하네. 비록 자네와 대작은 못해도, 그저 나만 행복에 취한 것 같아 미안하이. 한번 만나러 감세.

감자 (Fri. Jun 15,'18)

외모는 투박하나 꾸밈없는 민낯이요
둥글둥글 네성품은 농부본성 그대로라
형아를 닮은감자가 볼때마다 정겹네요

땅속에 주렁주렁 열매달고 섰는줄기
일곱형제 동생들을 건사하는 맏형일네
용케도 가뭄장마를 슬기롭게 견뎠네요

땅속을 안파봐도 무슨감자 나올지는
자주꽃은 자주감자 하양꽃은 흰감자니
세상에 정직하기론 너당할자 뉘있을요

<농민문학 118 여름호 제105호>

시골버스 (Mon. Jan 21,'19)

버스안 노인승객 나이만큼 滿員인데
乘下車時 일분씩에 자리앉기 一分이네
기사도 급할것없는지 버스마저 여유롭다

<여백의 글>

유모차! 엄마들이 아기를 태우고 행복스럽게 밀고 다니던 유모차가, 이제는 할머니들의 '보행안전도우미' 도구로 전락됐다.

설날이 두주 이상은 남았으니 지금은 좀 한가한 때이다. 객지에 간 자식들을 맞이하기 위해, 성한 몸을 보여줘야지 하는 마음에서 인지 읍내로 향하는 버스마다 병원 행 노인들로 북적인다.

허리가 굽은 분들은 유모차를 도우미 도구로 사용하면서 끌고 밀며 타니 시간이 꽤 걸린다. 버스에 올라 카드를 대기까지 1분. 자리를 잡아 앉기까지 1분, 또 내리는데 1분. 합이 3분이다. 타고 내리는데 시간이 지체됐으니 그것을 벌충하는 뜻으로라도 빨리 몰으련만, 기사도 태평이다.

體面 (Wed. Feb 8,'17)

道理를 지키자니 人事하는 체면이라
哀慶事費 조금있고 교통비가 있다면야
여타는 핑계일지니 體面치례 于先이다

<여백의 글>

날씨가 꽤 춥다. 병오 친구의 부음을 들었다. 이미 점심때가 다 됐는데, 어쩐다?

망설여진다. 내일이 발인이니 오늘 밖에 기회가 없다. 나중에 안 갔다 후회 말고 가서 명복을 빌어 주자.

복을 비는 거야. 여기서든 장례식장에서든 무슨 대수랴만, 유가족을 위로하고 또 살아있는 몇몇 친구 녀석들에게, "자네들이 세상 뜨고 내 살아있으면 이렇게 해줄게"라는 믿음을 미리 보여주기 위해서라도, 가야지! 덕분에 오후 4시16분 發 새마을 ITX 를 타고 가면서 드는 생각이다. 이게 다 체면치례구나 싶다. 살아가면서 인사하기 위해 체면을 세운다는 게 보통일이 아니다. 날씨는 추운데 한밤중에 다시 내려온다는 게!

토종벌 지켜낸 기분 <small>(Sat. Jul 5,'17)</small>

꽃비지듯 紛紛하던 벌떼들이 이동하여
배꼽으로 吸入되듯 삽시간에 빨려간다
태풍후 고요라더니 平靜찾아 질서있다

안정속에 행복하게 일벌들은 採蜜하나
말벌들은 완력믿고 불법약탈 일삼는다
열놈이 지킨다해도 한놈당할 재간없다

七八月에 접어드니 말벌세력 旺盛하여
끈질기게 감시하며 파리채로 내려친다
차라리 救助隊불러 말벌집을 떼어낸다

말벌제거 안했다면 土種운명 어찌될까
여왕벌과 死守隊가 함께最後 맞을리다
토종벌 지켜낸기분 푸른하늘 날듯하다

<여백의 글>

온갖 모종을 심고 봄이 무르익는 五月의 어느 날, 연못 주변에서 벌어진 일이다. 내 눈앞에 검은 무리가 얽히고설키며 꽃가루 휘날리듯 날라 다니는데 그 소리 또한 대단하다. 아하! 토종벌이, 토종벌이 어디서 날아왔는지 옆에 있는 잣나무 배꼽 속으로 분봉하느라 그러는 것임을 직감하고 가서 확인해 보는데, 이럴 수가! 장마철에 큰 강물이 소용돌이치듯, 뉴스에서 보는 태풍의 눈에 구름이 빨려들어 가듯이, 수많은 벌들이 그 배꼽 속으로 빨려 들어간다.

깜짝할 순간에 그 벌떼들이 구멍 속으로 흡입되듯 그렇게 들어간다. 여왕벌이 그 배꼽 속 공간에 이미 들어가 있다는 뜻이다.

나는 새살림을 차린 그들이 열심히 꿀을 따 나르는데 진로 방해가 될 만한 나뭇가지를 쳐내어 확 트이게 해주었다.

벌써 꿀을 담아 나르는지 바쁘게 움직인다. 그들은 지금 새살림을 차린 새 집에서 참으로 행복해 하며 신나게 일을 하는 중이다.

금세 7月로 접어든다.

푸름이 성이 난 듯 무성하기 그지없다. 이때쯤에는 말벌이 찾아오는 때이다. 녀석들은 토종벌 출입구인 배꼽을 지키는 게 저희 몫이라고 여기는지, 빈번히 출현하면서는 벌들을 잡아 죽이기도 하고 잡아 가기도 한다. 여러 해 동안 그런 일이 되풀이 됐기에 금년에도 그러겠지 싶어, 진작에 파리 채 두 개를 산 것 중에 하나는 말벌 퇴치용으로 배꼽 밑에 놔둔 상태다. 그러고는 수시로 마당에 나올 때마다 그곳을 가서 살펴보곤 한다. 어느새 왔는지 말벌이 기세 좋게 윙윙대며 시위한다. 그럴 때마다 정조준 한 파리채가 놈을 향해 내려친다. 할 수만 있다면, 자주 일부러 그들을 잡기 위해서 마당을 내려가, 잣나무로 가곤 한다. 그럴 때마다 한 두 마리씩을 잡는데, 토종벌을 보호했다 싶어 흐뭇함을 느끼곤 했다.

오늘은 아주 특별한 장면을 목격했다. 아침 먹고 나선 첫 순찰(?)에서다. 벌써 말벌이 얼씬거린다. 일격에 요절을 내려고 파리채를 얼른 쥐어 꼰고 있는데, 아뿔사! 그놈이 눈 깜짝할 사이에 없어졌다. 그 배꼽 구멍으로 들어간 게 틀림없다. 설마 그놈이 들어갔을라고? 그 속 여왕벌 둘레에 수만은 병정벌이 진을 치고 있는데…. 그러나 틀린 추측이 아니다. 전년도에도 이런 일이 있었다. 그때에는 정말 설마로 여기고 믿지 않았다. 그러나 오늘로 두 번째 똑같은 상황을 맞고 보니 이제 확신이 들었다. 아무리 덩치가 커도, 벌 세계에서는 무적의 말벌이라 해도 그렇지! 어찌 그리 용감하다 못해 무식하리만치, 무모한 짓을 할까? 어둠속에서 몸에 닿는 것은 모조리 죽이는 것일까? 아무리 토종벌이 자기 진지의 내부 지형을 잘 안다는 이점이 있다 손쳐도 그렇지, 말벌과의 싸움은 우리 인간계의 전쟁과 비유해 보면 탱크 앞에 소총을 든 병사와 겨루는 것과도 비교가 안 되는 격이리라.

또 한 마리 말벌이 와서 배회한다.

적당한 기회를 노리나 보다. 연이어 또 한 놈이 와서 합세한다.

이때다 싶게 믿기지 않는 일이 벌어지는데, 내부에 있는 토종벌이 비상을 받고 총 방어출동을 하나 보다. 신속하게 나와 출구를 겹겹이 쌓고 있는 게 아닌가! 동시에 말벌도 숫자를 계속 늘려간다. 순식간에 대여섯 마리가 된다. 벌이 벽을 이루듯 방어벽을 이루지 않는 말벌의 앞을 토종벌은 분주히 정신없이 날아다니는 것이 일종의 교란 작전이다. 녀석들은 몸을 날려 죽을 요량으로 싸우는 최전방 군사들인 셈이다. 냉큼 방어망을 뚫을 수 없는 상황에서 말벌은 기세 등등 위협만을 주고 있을 뿐이다.

이제는 내가 할 차례이다.

때를 잡아 파리채로 내려친다. 이것은 뜻밖의 원폭 투하에 맞먹는 기습이다. 한꺼번에 두 마리가 떨어져 나자빠지더니 연이어 후려치는 폭격에 남은 것들이 소탕된다. 처음으로 여러 마리를 잡는 큰 전과를 올렸다. 그 와중에 나도 벌써 두 방을 쐬었다.

다른 때에는 나를 고마운 주인으로 아는지 공격은커녕 살살 녀석들의 몸을 파리채로 건드려도 신경을 안 쓰더니, 이번에는 저들도 파리채 피해를 입었는지 방어적으로 나를 공격한 것이다. 그래도 팔뚝과 복상 뼈가 아프다거나 아리지 않다. 아마도 제일 덥다는 오늘 날씨에 비하면 벌침은 아무것도 아닌 셈이어서 그런가 보다. 역시 여름철에 위협적인 것은 뭐니 뭐니 해도 한더위임이 분명하다.

내일은 소방서에 신고를 하여 말벌 집을 제거해 달라 해야겠다. 토종 벌을 지키기 위해서….

김치 (Sun. Oct 15,'17)

콩나물 보리밥에 열무김치 얹어놓고
고추장에 참기름을 듬뿍넣어 비비는데
食感도 좋으려니와 지난追憶 맛을본다

김칫독 살어름속 동치미를 꺼내놓고
밤고구마 목이메어 김치국물 마시는데
긴긴밤 이야기꽃은 밤늦도록 피어난다

秋收는 끝냈는가 김장일이 남았구나
週末잡아 일손빌려 절인배추 헹궈내다
양념한 고갱이뜯어 안주삼아 한잔한다

묵은지 김장배추 시었다고 괄시하나
삼겹살에 얹혀놓고 구어내니 珍味로다
역시나 버릴것없는 우리김치 최고로다

눈 꽃 (Wed. Mar 21,'18)

계절도 투정인가 봄이온다 시샘인가
떠날려면 미련없이 돌아보지 말일이지
구태여 傑作남기어 내마음을 호리는가

게으른 겨울하나 혼자남아 꽃피우네
雪花향내 아니나나 반짝대는 寶石인데
햇살에 드러난색깔 영롱하여 神秘롭네

松竹은 눈에덮혀 韓國畵를 펼쳐내어
봄속에서 겨울꽃이 신기하게 피었구나
無常한 자연변화를 예술가가 담을런가

안털고 줍는 것이 (Fri. Oct 5,'18)

벌어진 밤송이가 알밤세개 품고 있다
바람불어 안스쳐도 바로밑에 떨어졌네
어서와 주워가란 듯 가즈런히 놓여있다

쏟아진 알밤송이 빈송이만 달린것이
하얀속살 내보이며 더 이상은 없다한다
다람쥐 물고가는걸 허허하며 바라본다

바람이 잔잔해도 알밤들이 떨어진다
사방둘레 여기저기 탱글탱글 널려있네
안털고 떨어진것만 줍는것이여유롭다

<여백의 글>

　영동에는 감나무, 호두나무는 지천이지만 밤나무는 그리 흔치 않다.
내 집에도 한 그루 만 서있는지가 7~8년이 되니 가지가 실하게 뻗고 밤
도 제법 열린다. 그러나 그걸 턴 적은 없다. 손바닥만 하게 벌어지면 그
속에 안겨있던 알밤이 떨어지기 때문이다. 아침저녁으로 밤나무 밑을 서
성대며 풀 위에 살포시 떨어진 밤들을 줍는 일이 재미있다.

신기한 것은 바람이 일지 않아도 벌어진 밤은 마치 털어서 빠진 듯 밤송이 바로 밑에 떨어져 흩어지지 않은 채, 밤송이가 품고 있던 세 개가 그대로이다. 마치 여인의 흰고무신이 댓돌위에 가지런히 놓여 있는 것 같이. 때로는 다람쥐가 물고 있다가 나에게 들킨 듯 화들짝 놀라 달아난다. 자연과 사람이 함께 사는 것을 맛보니 기분 좋다.

햇님이 주신 선물 (Mon. Nov 12,'18)

황학산 멧돼지가 밤만되면 내려와서
굼뱅이를 잡는다고 밭을후벼 들쑤시니
그러다 사과나무를 해칠까봐 잠설친다

날씨를 맞춤했나 사과따기 십상이니
조심스레 하나하나 콘티에다 따담는다
햇님이 주신선물이 햇님닮아 맑고붉다

서리를 맞았구나 양볼붉어 탐스럽네
한입베어 맛을보니 꿀과즙이 쭉쭉튄다
도시의 친구들에게 사과딴다 소식준다

앞산은 단풍이요 사과밭은 紅玉인데
보물따는 하루종일 즐거웁고 행복하다
한상자 보물상자를 宅配하니 나누란다

<여백의 글>
　서릿발이 여러 번 내렸건만 햇살만 비치면 따사하다. 황학산 능선을

오른 해가 평화롭다.

내가 좀 늦었나보다. 아홉 시도 채 안됐는데 어느새 사과 따는 일꾼들(?)이 보인다. 주인 베드로는 수확기를 앞둔 요즘 멧돼지가 내려와 사과밭을 헤집는다며 농막에서 엊저녁에도 밤을 보냈다. 밤사이 사람이 있는 것처럼 라디오로 노래를 틀어 놓으면 녀석들의 접근을 막을 수 있기 때문이란다. 녀석들은 튼튼한 코종배기로 땅을 헤집는다. 그러다 땅속에서 굼벵이를 찾아내면 입맛 좋고 영양 좋은 고단백 식품을 섭취한다. 그래도 그렇지, 그 큰 덩치에 쬐그마한 굼벵이를 먹이로 사냥한다니! 간에 기별이나 갈 일인가! 참으로 격에 어울리지 않는 짓을 하고 있는 것이다. 하기사 땅딸막한 멧돼지의 생김새나 통통한 굼벵이나 모양새가 닮은 것으로 보면 천생연분 식품(?)일지도 모른다.

요셉과 젊은 일꾼(?) 두세 명은 사다리에 올라가 따 내리고 나와 자매님들은 아래에서 손에 닿는 것만 땄다. 아기 머리통만한 것들이 붉게 익어 탐스럽다. 햇살을 받고 있는 양 볼에서 윤기가 나 먹음직스럽게 보인다. 하나를 따 쓱싹 손바닥으로 문지른 다음 한입을 물어본다. 이빨 사이로 시원한 단물이 쭉쭉 흘러나온다. 꿀물과도 비교할 수 없는 사과만의 단 맛, 그 자체다.

퇴직한지 몇 해 안된 조합장이 어느새 이론뿐만 아니라 농사 기술까지 익혔는지 사과는 매년 남보다 잘 되어 농협에 근무했다는 체면을 단단히 세우고 모범을 보여주고 있는 셈이다.

다시 사과를 따기 시작한다. 꼭지가 부러지거나 완전히 빠지면 상품의 가치가 반감된다는 정보를 TV는 통해 알고 있어, 여간 조심성이 들어가는 게 아니다.

황학산에 솟아 오른 햇살에 공기가 좀 데워졌나보다. 이마에 땀방울이 배여 나올려 한다. 두툼한 잠바를 벗어 가지에 걸어 놓는다. 그러고는 영등포에 있는 응수에게 전화를 한다. "야, 말코야, 성익이, 배딩이 거기 왔냐?" 그들은 어렸을 적부터 동창이요, 같은 면 출신이다. 일주일에 한 두 번은 함께 만나면서 막말을 하며 응수네 점포에 들려 지내는 부러운 친구들이기에 약 올려 주려고 하는 전화다. "너희만 재미있게 보내는 줄 아냐? 내가 더 재미있고 행복하다…"라고. '너희들이 아무리 그래봤자 도심 속, 매연 속에서 숨 쉬니, 그걸 부럽다 할 내가 아니지. 이렇게 맑은 대자연 속에서 햇님이 만들어 준 햇살 닮은 해맑은 사과를 어디서 따보기나 했냐? 그것도 저 앞에 황학산을 눈높이로 하며 따는 이 기분을 너희가 알기나 해?'하는 속뜻을 전하며 하는 전화이련만 '지들이 알고 느껴야, 시기를 하던 질투를 하던 할 일이지…. 그래야 전화한 효과를 보는 것이련만….'

하루의 일이 예상보다 일찍 끝났다. 의외로 십여 명이 넘는 많은 일꾼이 참여해 준 덕분이다. 모두가 신앙의 공동체 속에서 지내는 교우들이다. 함께 이렇게 모여 봉사하는 일은 즐겁고 행복하다.

일을 마치는 오늘의 하루가 보람이고 행복이다. 거기에다 주인은 품삯(?)으로 사과 한 상자씩을 담아준다. 사과라기보다 붉은 옥, 紅玉이니 더 귀한 보물이 아닌가. 봉사한 행복 위에 덤으로 받는 선물이다. 월요일에 말코응수에게 택배를 보내주어 두 친구와 함께 정 나누라 해야지!

겨울나무 (Thu. Dec 27,'18)

혹독한 겨울추위 뼈속깊이 후벼들고
맵고매운 칼바람은 귓불따귀 때리는데
들판에 외로이있는 나무하나 참춥겠다

꽃피고 무성하면 사람들이 기쁨얻고
열매맺어 추수하면 남김없이 내주는데
우리를 향해하는말 배풀기를 하라한다

하늘이 잿빛이니 함박눈이 내릴려나
春三月은 멀었는데 寒風일어 어찌하나
버텨라 희망있나니 봄바람은 불을리다

비타민 나무를 심으며 (Fri. Apr 5,'19)

첫기차 새벽열차 용산역에 닿은후에
묘목농장 踏査하러 춘천까지 갔다마는
농장은 어디에있나 工場만을 보고온다

구덩이 파내기를 인부얻어 한다마는
돌멩이에 생땅파니 主人맘이 미안하다
그래도 내도움인지 계획대로 마치었다

苗木을 주문한후 다음날에 宅配오니
오후부터 구덩이에 植木하고 물을주나
부실한 묘목상태니 싹이날까 걱정인다

화사한 꽃이피면 골짜기가 환해지고
열매맺어 주렁대면 보기에도 좋을터에
갖가지 비타민要素 풍부하니 寶木일네

논물(畓水) (Fri. Apr 17,'19)

논물은 가뒀으니 모심을날 잡았구나
파란하늘 흰구름이 논물속에 떠있는데
얼핏해 보이는 水平 大海같아 茫茫하네

<여백의 글>

　매곡 들판이 논물로 가득가득 차 있다. 어디 매곡뿐이랴. 오늘로 五月
도 중순을 넘었으니 벼 심기는 벌써 시작된 셈이다.

　올해는 큰 가뭄이 없어 다행이다. 별 어려움 없이 논에 물이 넉넉하게
가둬있다. 차창 밖으로 스치는 논물에 하늘과 구름이 잠겨있다. 흰 구름
이 떠가는 모습이 물에도 비친다. 그야말로 물 위에도 하늘이요, 물속에
도 하늘이다.

　더 이상 좁은 공간의 논물이 아니다. 광활한 큰 호수요 바닷물이다. 현
기증이 난다.

원두막 그리웁네요 (Thu. Apr 25,'19)

세평이 될까말까 正方形의 원두막은
이층바닥 높게놓여 불안하고 불편하나
여름철 할아버지의 단독주택 安息處다

참외밭 입구初에 폼새나는 원두막은
할아버지 별장이요 독서실에 事務所다
근무는 열심이지만 收益性은 없나보다

참외로 점심하고 수박으로 後食하고
목침베고 낮잠잘 때 惡童들이 몰래와서
참외밭 낮서리해도 드렁드렁 코만곤다

참외를 거두었나 무우배추 파종하고
할아버지 직장잃어 출퇴근을 안하신다
歲入者 없는원룸이 텅빈채로 볼품없다

원두막 사라지고 할아버지 안계신데
오십미터 비늘棟이 열을지어 들어섰네
원두막 그리웁네요 서리하던 그 追憶이

<농민문학 19 여름호>

Longing for the shed of a melon field (Wed. Jun 19,'19)

Less than three pyeungs the square shed of the melon field
was nor comfort nor convenient on the high second floor
But was the resting place in the sole house for grand father in summer

The formed shed standing at the enterance of the gate
was grandfather's villa, reading room and office
Though he was working hard but seemed no profits

Ate melons for a lunch and took water melon for a dessert
Being he napping kidding guys come secretly
stole melon for fun in the broad daylight, he was snoring loudly

Did he reap melons after sowing radish and cabbage seed
Losing the job he didn't attend or leave the office
The one room without even a borrowing man was empty having no form

The shed has gone and grand father is not alive
Fifty meter vinile houses are installed in lines on the spot
I am longing for the shed recollecting the stealing for fun

「농민문학」19 여름호 원고로서

　'시조의 세계화 및 유네스코 문화재 등록'을 위한 한국문인협회 시조 분과가 추진 중인 19년도 영문 번역집 출간용 작품을 번역 제출한 것임.

병아리 부화 (Sat. Jun 22,'19)

임산장 오일장에 봄이오면 펼쳐놓는
아랫시장 뒷장터가 주인공의 무대인데
병아리 담긴상자를 금년에도 전시한다

혼자서 독점하고 조류병을 핑계대며
병아리값 야금야금 매년매년 더올린다
차라리 봉잡힐바엔 부화기를 사서깰까

三週가 되었구나 병아리가 부화되어
삐약삐약 태어났다 고성으로 소리친다
세상에 胎生고아라 자탄하다 주눅들라

저홀로 깨어나와 어미사랑 못받은채
발길질에 쪼는 것을 터득하며 지내려니
뼛속에 사무치는情 그리웁다 원망할까

세월이 보듬으니 저희끼리 의지하며
또랑또랑 팔팔대며 활기차니 후유한다
날벌레 쫓는눈길에 폴짝대며 즐겨논다

<여백의 글>

봄이 오면 닭이 둥지에 앉아 알을 품는데, 3일 정도를 끈질기게 차분히 있어야 믿고 알을 넣어주기 마련이다.

암탉 한 마리가 진작부터 둥지에서 그런 조짐을 보이길래 귀한 청란을 베드로에게 부탁해 넣어 주었다.

그런데 이놈 하는 짓이 그게 아니다. 하루에도 수시로 둥지를 빠져 나오며 들락날락하니 부화하기는 그른 것 같다.

그렇다면 귀촌한 후배인 안젤라에게 아예 부화된 청계 병아리를 분양 받아야겠다싶어 아침 일찍 찾아갔다.

귀하신 몸 청계 병아리 열네 마리를 받아 가지고 와서는 생명 안전을 위해 철망으로 된 집(?)에 넣고 비닐로 덮어 보온조치까지 해놨다. 그런데 이게 왠일! 자고 난 이른 새벽에 점검을 하는데 세 마리가 안 보인다.

집 고양이를 일단 주범으로 의심해 보나 이미 쏟아진 물이지 돌이킬 수 없으니 어쩌랴.

모두 다 주인의 불찰인걸!

이 참사가 계기가 되어 나는 부화기를 사기로 마음을 먹고 마침내는 청란까지 함께 구매했다.

그런데 시기적으로 6월이 가까워 외부 온도가 높으면 부화율이 저조할 것 같다는 생각이 들었지만 부화기는 적정 온도 37.5℃를 유지하고 작동하면서 오늘로 알을 넣은지 정확히 21일이 되는 날이다.

3주가 되면 생명이 태어난다는 게 참으로 신기하다. 아무리 온도가 맞춰졌기 로니 알에서 생명의 싹이 터 나올까?

암수 닭이 함께 있어 난 유정란 속에는 신비의 생명氣가 들어가나 보다. 그래 그 속에는 생명原力이 있어 조건(온도)이 맞아 알이 부화되나 보다.

각설하고, 3주 전 오후에 부화기를 작동했으니 오늘 오후에 병아리가 나와야 한다.

그런데 정말로 한 마리가 나왔다. 제 스스로 알 껍질을 깨고 나온다는 게 신기하다. 그것도 정확히 셈법을 맞춰서. 그러고 보니 부화기가 어미인 셈인데 과연 깨난 병아리를 따뜻이 품어주는 역할을 할 수 있을까하는 불안이 인다.

어미가 품어 병아리가 나오기 시작하면 하루가 지나고 둘째 날 쯤에서는 넣어준 알 거개가 부화되어 나오는데 이 부화기로는 그렇지 않은 듯싶다. 이틀이 지났는데도 18개 넣어준 알에서 5섯 마리만 나왔을 뿐 감감소식이니 나머지는 실패한 것이 틀림없다.

아무튼 나온 놈들을 부화기에서 꺼내어 작은 상자로 옮기고는 삶은 계란의 노른자마을 먹이로 주었다. 한나절이 지나는 동안에 넣어준 먹이가 다 치워졌다.

이제 안심이다. 영양덩이 먹이를 먹기 시작했으니 잘 자라날게 틀림없어서이다.

어미 없이 깨어난 병아리가 어쩐지 측은하고 안쓰러워 미안함이 든다. 그렇거니 튼실히 자라만 다오.

千年草花 (Sat. Jun 29,'19)

햇살이 강할수록 천년초는 무성하고
연분홍색 밝은꽃이 활짝피어 탄성인다
연두색 천년초화는 한복입은 여인일네

向日性 천년초는 구름끼면 꽃을접고
솜털가시 방패삼아 불청객을 막아낸다
미소를 앞세우면서 독침품은 위장인가

건강에 좋다하여 어렵사리 심었더니
몸체에 난 털가시에 내가당해 피해입네
건강은 생각도마라 감상으로 즐길리다

<여백의 글>
　시들고 비틀어지어 생기가 없는 것을 어느 봄날에 심은 천년초에서 생살 돋고 꽃봉이 무수히 돋아났다.
　마침내 피어난 꽃은 극심한 6월의 가뭄을 견디어낸 티는 찾아볼 수 없이, 어쩌면 겨울 유리온실에서 피어난 평화로운 모습의 여인상이다.
　고운 한복을 차려입고 이제 막 대문을 열고 들어온 님을 맞기위해 대청마루를 살포시 내려오는 여인의 그 매력이다.

銀河는 平和의 江물 (Sat. Jul 27,'19)

미리내 냇가에서 조약돌을 모아다가
銀河江을 가로질러 놓은다리 오작교라
七夕이 돌아왔구나 오매불망 기다렸네

銀河는 南과北이 갈라놔도 平和론데
어찌하여 우리네는 대치한채 적대인가
세월이 흘러간단들 하늘銀河 닮아갈까

살기가 어려웁고 힘이든다 투정해도
銀河하늘 바라보며 여유로움 젖어본다
은하는 平和의江물 희망의빛 비춰준다

'19 농민문학 제109 (가을호)

6부 거지의 날

<쉬며 읽는 글>

서울의 싱크홀(Sink hole) 과 농촌의 空洞口

(Fri. Jun 6,'14)

오늘도 햇볕은 사정없이 내리 쬔다. 자고 일어나 흰 구름 한두 점만
이 두둥실 떠 있는 가을 하늘이야 우리 마음을 상쾌하게 만들어 날아
갈 듯 가볍게 해주나 요즘같이 심고 가꾸는 늦봄. 초여름에는 같은 그
하늘이런만 농민을 애태우게 한다.

한 달을 비가 안내리니 都農을 가리지 않고 걱정이 태산이다.

계곡물을 식수로 쓰는 급수장의 물이 달랑달랑하여 식수마저 떨어
질까 걱정이다.

심은 벼와 논이 타들어가고 갈라지는 판에 밭작물은 아예 심을 엄
두를 못 내고 있을 뿐, 비만 오면 즉시 심을 태세로, 풀하나 없이 하늘
만 쳐다보며 누워 있는 빈 밭들이 오가는 도로변에 띄는 것을 보면 참
으로 억장이 무너진다. 상황이 이런대도 세월은 흘러(?) 감나무에는
열매가 맺어 손톱만큼 자랐다.

이들이 더위 속에 있다가 갑자기 비를 많이 맞게 되면 우술 우술 떨
어진다. 하여 그 예방을 위해 사람들은 감나무에 급수해 주는 게 이
가뭄에 하는 큰일이다.

나도 호스(Hose)를 한 없이 길게 늘여 차례대로 급수해 준다. 한 차례
가 끝나면 다시 처음부터 반복해 세 번을 하면서 목격한 희한한 사실!

낮에는 네그루. 밤에는 두 그루 해서 24시간 기준 여섯 그루씩을 물을 주는데, 그렇게 해야 흠뻑 받는 양이 된다.

일껏 물을 대주고 호스를 거두어 다음 나무에 주려고 보니, 아뿔싸! 이게 어찌된 일인가.

둥치 주변에 흥건하도록 배어 있어야 할 물이 흔적 없이 사라졌다. 쑥대에 가려져 있는 구멍이 뻥 뚫렸는데 그리로 물이 계속 흘러 들어가고 있는 게 아닌가! 주먹 하나가 들어갈 빈 공간이 패여 있고 그곳이 하수구인양 물이 들어간다.

시간을 아껴 목을 축여 주어도 부족한 터에 이 얼마나 큰 낭비인가. 물 한 방울이라도 귀한 이 가뭄에 엉뚱한 헛구멍으로 들어가다니….

이 괴이한 현상이야말로 농촌판 '싱크홀'이 아니고 뭔가!

세상에 이럴 수가! 서울의 강남 대로변 역 주변이나 L백화점 주변에 싱크홀이 생겨 달리던 차가 곤두박질하고 대로변을 걷던 행인이 갑자기 땅속으로 빠져 들었다는 뉴스를 접했을 때에는 땅굴을 연상해 떠올라 온 국민이 불안했는데, 사실은 공사를 하느라 땅을 파고 메운 사후의 흙이 자리 잡느라(?) 가라앉는 현상이란다.

결국 탄탄하게 하지 않고 부실하게 해 생긴 결과인 셈이다. 하지만 물기(水分)란 자연 아래로 빠지게 마련이요, 또한 지상 도로는 포장되어 물이 스며들지 않으니 세월(?)이 지남에 따라 내부 흙 수분이 빠질 텐데 그러면 그럴수록 그만큼 흙 알갱이끼리의 공간이 생기게 될 테고 어느 시점에 이르러 가라앉을 테니 그때가 바로 사고발생 시점이리라.

그렇다면 내 밭에 있는 그 물 잡아먹는 입 벌린 구멍은 왜 생겨났을까? 이것도 같은 이치이리라.

이렇게 볼 때 그렇게 한 주범(?)은 '가뭄'일터.

가뭄에 비는 안 오지, 나무뿌리는 쉴 새 없이 주변의 수분을 빨아들여야하지. 그러면 그럴수록 흙의 알갱이가 말라붙어 엉킬 테고, 지표는 지표대로 태양열에 증발되고, 따라서 도시의 포장된 그 밑의 땅속보다 상상을 초월하는 속도로 둥치 주변에 그렇게 空洞口를 만들어낼 것이다. 아닌 게 아니라, 물을 주다 보니 아무리 없어도 그루마다 주위에 그런 공동구는 한두 개씩 있는 것을 본다.

이런 현상이 어디 밭에만 나타날까? 가뭄 뒤에 장마가 시작되면 예외 없이 산사태가 발생한다. 왜 지금껏 멀쩡했던 곳에서 그런 일이 생길까?

물로 수량을 견디지 못해 어쩔 수 없이 둑이 무너지듯이 발생하는 사태는 예외로 치고, 개중에는 위와 같은 가뭄의 후유증으로 일어나는 경우가 있을 것으로 본다.

이상과 같은 추측이 맞는다면 밭(田)이나 논(畓)에서 일어나는 공동구(논이 갈라지는 현상)는 우리의 기후조건에서라면 매년 일어날 수 있는 일이다. 다만 도시에서는 같은 장소에서 반복적일 수는 없을 것이다.(지면이 포장됐으므로)그러나 어쩌다 일어나는 경우라면 대형사고일 수밖에.

여담을 하나 들어볼까 한다.

내가 인용한 용어이기 때문이다.

우리 매체들은 걸핏하면 외래어 아닌 外国語단어를 많이 쓴다. 물론 언어의 간결화와 의미 전달의 효율성 등을 고려한 이점 때문이리라 할 수도 있겠지만 그래도 그렇지, 해도 너무 한다는 생각이 든다.

'싱크홀'만 해도 그렇다. 뜻으로 보면 가라앉는(Sink) 구멍(hole)이니 우리의 '하수구'에 해당되는 말이다. 그렇다고 싱크홀 대신에 하수구로 쓴다면 어쩐지 선입견이 거부감을 일으키는 것 같다.

그것을 '下水口'로 표가하면 같은 뜻일지라도 좀 낫다고 보긴 하나, 여기에선 상황 전달이 더 명확하고 간결한 '空洞口'가 있으니 그리 표현하면 어떨까 한다.

하기사 이런 경우가 한 두 건일까? 매일 같이 쏟아지는 신(조)외국어 단어인데 괜한 말인 줄 알면서도 '그렇지 않은가?'해서 해 본 소리이다.

사무엘이 받았니다 (Sat. May 30,'15)

白鶴이 춤을추는 학무산을 뒤로두고
계곡물은 淸淨하니 背山臨水 發福地라
꿈에서 啓示하신곳 사무엘이 받았니다*

年中을 계절따라 四色變化 뚜렷하고
淸風玉水 아침저녁 自然으로 누리니라
心身이 피로하신가 安息찾아 오라한다

遠近이 그림이요 저기앞산 黃鶴이니
山勢들이 신비롭고 展望모두 감탄이다
이집을 찾는이모두 平和속에 머무소서

夫婦의 一心으로 聖家庭을 이루더니
사위넷에 손주까지 풍성하게 거뒀도다
富者가 따로없나니 無慾으로 즐기소서

入住한 권효성(사무엘)님께
2015.5.30.
柏松 우명환(아우구스티노)

* Samuel이 집 지을 땅을 샀다는 전화를 받고 그곳을 보여 달라는 부탁을 한 그 즈음이다. 아직 밭에는 눈이 쌓여 있고 골짜기는 얼어붙은 상태인데 주변의 모습이 어쩌면 그리도 꿈에서 본 모습 그대로 일까.

동네 입구에 큰 정자나무가 두 세 그루 모여 있고 반대편 모퉁이에는 큰 반석도 있어 여름철 쉼터로 안성맞춤이오, 냇가 옆의 向 또한 정남인 평화스러운 좋은 터(基)이다.

이상도 하지! 사무엘이 잡은 곳을 난생 처음 와 보련만 어쩌면 그리도 꿈에서 본 그대로가 펼쳐져 있을 수가!

꿈이라면 요셉이요(창세기 37,7) 순명이라면 사무엘이 아닌가.

잠을 자다 비몽사몽간에 하느님의 부르심을 듣고도, 처음 겪는 소년 사무엘은 알아차리지 못하다가 스승 엘리(Eli)의 조언대로 네 번째에야 "야훼여 말씀하십시오. 종이 듣고 있습니다.(사무엘상3,10)"하고 응답하였음은 그가 본격적으로 이스라엘을 영도하는 예언자로 되는 계기가 된다.

성조 사무엘이 스승 Eli에게 순종하여 야훼의 부르심을 받았듯이 권효성 사무엘은 내가 꿈에서 본 啓示의 땅을 받았다는 내용을 말함.

가뭄과 장마철에 (Sun. Jul 12,'15)

가뭄 때 아침햇볕 한숨으로 미워마오
바싹마른 석이버섯 죽기까지 버텨내니
그러다 빗님오시면 단비로다 춤추는데

장마때 구름끼니 또비온다 원망마오
설마하니 햇님께서 長期피서 하실리야
가끔씩 드러낸햇살 이얼마나 고마운데

가뭄은 가뭄대로 장마때는 장마대로
섭리로다 받아들여 감사하며 지내려니
나막신 우산장수로 마음먹는 지혜인데

　　<여백의 글>
　　나막신 우산 장사를 하는 두 아들을 둔 부모의 마음처럼, 농부네 마음
도 항상 걱정이다. 비와 바람이 과연 농부의 맘에 꼭 들게 내리고 불어주
는 것이 아니고, 엉뚱하게도 극심한 가뭄이나 지루한 장마가 대부분 교차
하게 되니 그에 따라 농심 또한 이레도 걱정, 저래도 걱정이다.
　　그러나 마음을 좀 바꾸고 자연을 따르면 되는 일인데, 이왕지사 가뭄

과 장마는 있게 마련.

하니 마음을 바꾸면 될 일이지. 어떻게 바꿔? 비가 오는 날에는 우산이 잘 팔리니 좋고, 날씨 좋은 날에는 나막신이 잘 팔릴 테니, 이 아니 좋은가!

능소화 (Wed. Jul 22,'15)

夕陽에 물들으니 네모습이 더욱곱다
발끝에서 덜미까지 제한몸을 휘감더니
수줍어 호리는요염 그心性을 알것같다

여름꽃 묻는다면 너를두고 말하리다
三伏더위 炎天이나 그럴수록 화사하니
진자리 꽃자리까지 品位있어 애처롭다

뜨겁게 한여름 작열하여 달구는다
후회없이 다사르고 꽃부리가 사라지니
서람아 속절없다며 一場春夢 본다한다

<여백의 글>

　능소화는 신기하게도 복더위인 8월 한 달을 피고진다. 마치 8월 날짜
를 세는 것처럼 초하루에 피기 시작하여 반환점을 돌아 8월 끝 날을 대어
지고 나니 하는 소리다.

　나는 능소화를 좋아한다.

　요염하면서도 현숙한 면이 있어 보여서다. 수줍음을 타는 듯 하면서도

발랄한 끼를 과감하게 발산하는 요즘 젊은이의 덕성도 있어서다.

　내 집 능소화는 바깥 마당가의 전주 곁에 심겨있어서 그 줄기가 돌같이 삭막한 차가운 전주를 휘돌아 감고 올라가 있어 잎이 피면 무성한 파란 綠株를 만들고, 꽃이 피면 눈을 멀게 할 정도로 눈부신 花柱를 만들어 놓는데, 그 꽃 기둥이 어찌나 푸짐한지 행인들에게 기막힌 볼거리를 제공한다.

　그러다가 꽃이 지어도 며칠간 여전히 화사함을 잃지 않고 그 땅위에 누워 있다. 그것도 요염한 자태 그대로.

　비록 떨어지어 생명력을 잃어가면서 까지도 마치 자기를 사랑하는 연인에게 추함(죽음에서 보는 다른 모습)을 보이고 싶지 않은, 그래서 항상 '고왔노라'라는 인상을 남기게 하고 싶어 하는 맘으로 생의 끝 순간까지 그 품위를 지키려고 애쓰고 용쓰다 가는 것 같아 애처롭기까지 하다.

　이러한 능소화 나무 밑에 서면 一場春夢의 고어 생각을 하며 덧없음을 읽는다.

석기봉 불리는 뜻 <small>(Sat. Dec 26,'15)</small>

긴긴밤 지루하고 짧은낮이 심심한지
늦으막히 오른 山行 욕심없는 項上이네
石奇峰 불리는뜻을 와서보니 알겠도다

영롱한 흰눈꽃이 햇살받아 눈부시고
저멀리에 덕유산이 가까이에 뵈는구나
순간의 이는바람에 절벽밑이 아찔하다

어쩌나 天使옷이 햇살속에 풀려있어
속살내민 가지들은 부끄러워 몸을꼰다
겨울산 눈꽃情景이 下山談을 수놓는다

　　<여백의 글>
　　동지가 엊그제였으니 요즘의 낮 시간이 제일 짧을 때다. 그런데도 지
겨워서 인지 밖을 못나가 안달이 났나, 매곡의 이교수가 기어이 일을 꾸
민다.
　　나는 겨울이 되면 손끝이 유난히 시려운 것을 핑계 대며 미루기를 여
러 차례!

더 이상은 거절하기 염치없어, 가깝고 쉬워 보이는 석기봉을 가기로 동의했다.

열한 시에 사무엘과 함께 합류하여 도착한 도마령은 이미 800 고지라, 여기서 400여 미터만 올라가면 1.176m인 목적지 석기봉에 이른다.

능선을 타고 가는 동안 좌우의 양 옆 바람이 내 손끝을 점점 차갑게 하니 불안하다. 어찌어찌 하여 두어 시간 끝에 다다른 석기봉! 바위가 빙 둘러 위험한 절벽을 이루고 있다.

더 이상 앞으로는 갈 수 없는 정상이다. 이쪽과 저쪽 사이에 건널 수 없는 간격이 나 있고 그 틈 사이의 절벽이 수직으로 아찔하다.

왜 석기봉이라 불리는지 와서 보니 실감이 난다. 절벽 기암에 걸 맞는 이름이 적격이다. 石奇峰이니 말이다.

절벽 저 아래 좌우측면으로 드러난 가지에 맺힌 눈꽃이 햇살에 비치어 신비롭다.

덕유산이 바로 건너편에 있는 듯 눈에 들어온다.

석기봉 외에 각호봉, 삼도봉이 있어 민주지산을 이루고 있는데 이 중 삼도봉은 경북, 충북, 전북의 세 道가 만나는 봉우리라 붙여진 이름이다. 해서 매년 10월 9일에는 금릉군, 영동군, 무주군의 군수와 주민이 정상에서 맞나 화합의 행사를 치르는 의미 있는 봉우리이다.

금세 되돌아 하산하는데도 어느덧 올라 올 때 보았던 상고대가 온데간데없이 사라졌다. 햇볕에 이슬 사라지듯 없어지더니 벌거벗은 드러난 가지들만이 부끄러운 듯 다리를 꼬며 좌우로 떨고 있다.

주차장에 도착할 때쯤에서야 손끝의 추위가 녹는다.

오랜만에 한 해의 마무리를 의미 있게 거두었다는 생각에 흐뭇하다.

무작정 나주를 (Fri. Jan 15,'16)

<세벽녘 집을 나서는데>

오라는데 없는데도 현관문을 나서는데
눈썹닮은 그믐달이 西山위에 걸려있네
덕석帽 눌러썼어도 마음 뚫려 寒氣돈다

우리집 거위놈은 온地境이 제집이니
어둑어둑 여명期에 연못속을 헤집는다
꽥꽥꽥 인사하느냐 그소리에 溫氣돈다

<나주에 도착해서>

나주를 가자하면 西大田驛 타야는데
영동에서 영등포間*¹⁾ 어찌거리 똑같은가
걸리는 時間부터 요금까지 그렇구나

羅州대교 건너편에 文化홍어 특구인데*²⁾
日本侵奪 절정기의 겪은설움 지금보네
먹거리 홍어거리는 오늘에도 홍청댄다

<먹거리 浦口에서>

영산강 浦口에서 황포돗대 타려하나
추운날에 어인유람 船客없어 결항이네
저녁은 이른편이나 홍어거리 기웃댄다

유명人士 오간흔적 入口벽을 누벼선지
문을 열고 들어서도 맞이하는 사람없네
이렇게 배부른장사 내가어찌 들어가랴

* 1. '나주역 ↔ 서대전역' 영수증 예시
   걸리는 시간 2,18분   ※ <영동↔영등포> 간과 거의 같음.
   요금 8,900원
* 2. 文化거리 특구
   먹거리가 있는 영산강변을 따라 한 구간 정도로 이어짐. 동양척산주식회사가 허름
   한 외관으로 있고 당시의 일본인이 살던 집터에 그들 이름자까지 있음.

新世代 농민 (Thu. Mar 3,'16)

농촌에 歸農했다 요란떠는 저자보소
냇가옆에 팬션짓고 채소만은 가꾼다만
그런다 농민이런가 손톱밑이 깨끗한데

경운기 몰고가는 앞집영감 맘씨보소
마을사람 짐짝싣듯 가득태워 장날가나
언덕위 팬션車主는 바람인 듯 스치는데

동네에 살면서도 오고가는 情이 없고
여름철에 民迫치며 外地人만 상대하네
그래도 歸農人이라 귀농했다 큰소리네

하지만 어쩌겠나 세월가며 빈집늘고
젊은이는 귀농歸村 둥지치어 희망주네
그들은 新世代농민 洞民으로 同化하네

永同에 오면 (Sat. Mar 19,'16)

둑방길 걸으시오 처음오신 당신께서
마음속에 온갖시름 별별생각 툭툭털고
世上에 제일편안한 그자세로 걸으시오

감나무 가로수길 온종일을 걸으소서
그러다가 심심하면 떨어진놈 쓱싹씻고
이왕사 가을에와서 그런追憶 담으시오

영동은 과일지천 와인맛도 보옵소서
올갱이국 어죽에는 막걸리가 따라오고
人情이 철철넘치는 재래시장 볼만하오

국악을 모르셔도 난계祠堂 들르소서
樂聖박연 만나보고 국악기도 만저보고
부모가 자녀와함께 체험하는 場이라오

은행을 염주삼은 영국사에 머무소서
일상속에 찌든때를 佛心따라 冥想하고
다음날 은행나무는 돌아서서 봐야하오

三道峯 오른당신 和合의氣 받으소서
시월구일 三道祝祭 頂上에서 벌어지고
저앞의 덕유산峯을 볼수있어 덤이라오

空 心 閣 (Sun. Jun 26,'16)

밭둑에 古木뿌리 휘휘감아 우린물은
사시사철 약수되어 영험으로 주심이네
祖上님 恩德인지고 飮福으로 받나이다

영축사 풍경소리 이리맑게 들려옴은
같지않은 세상꼴을 空心으로 비우라네
비우면 채워지리라 그맘조차 욕심일라

平生을 鄕里에서 奉職하다 은퇴함은
강진들녘 잡은玉土 가꾸면서 지내렸네
그러다 하늘별보는 空心閣이 쉼터로다

괴방령 넘나드는 충청경상 잇는길은
꼬불꼬불 앞장서며 주변名所 안내하네
와중에 空心閣들러 쉬며情談 나누란다

2016.6.26
쉼터농막공심각입주祝詩
代父 우명환(아우구스티노)

<여백의 글>

베드로가 밭에서 일하다가 쉴 수 있고, 비가 갑자기 오면 대피하고 저물면 잠잘 수 있는 조그마한 농막 겸 간이 숙소를 지은 것이 너무나 앙증맞다. 그곳의 2층에 올라 大字로 팔 벌려 누우면 황악산의 파란 하늘이 천장으로 보인다. 그러면 마음이 맑아지고 비워지는 듯 싶다.

幸福한 달팽이 (Sat. Sep 24,'16)

실뱀은 한순간에 돌담길을 넘어가나
달팽이는 밤새도록 진논둑을 기어간다
그까짓 아랑곳않고 여유롭게 갈길간다

사람은 큰집갖고 으스대며 살아가나
달팽이는 집이없이 定處없이 떠돌이다
기껏해 빈껍질한채 달랑등에 지고산다

세상은 時間없다 바쁘다며 달려가나
달팽이는 온몸으로 느릿느릿 기어간다
한데도 幸福하다고 손흔들며 웃음진다

　　<여백의 글>
　내 감나무를 다 뽑아 뭉개어 놓더니, 한여름이 무르익는 7월 중순에 하
우스 한 동이 마침내 들어섰다. 드디어 상희가 달팽이 양사를 본격적으로
시작하는 것 같아 뵌다.
　하우스가 완성되고 이제나 저제나 기다리고 있는 데 어느 날 달팽이가
왔다. 삼십 사오도가 보통인 미친 듯한 더위가 계속되고 있는데 온 것이
다. 걱정이 이만저만이 아니다. 행여 더위에 피해를 입게 된다면 예외 없

이 폐사되기 때문이다.

이는 겨울에도 마찬가지 일 테니, 온도에 녀석들의 생사는 물론, 양사의 성패가 좌우되기 때문에 하우스의 문을 여닫는 것에서부터 양면의 비닐을 걷어 올리는 것에 신경 쓰는 일이 보통은 아닐 것 같다.

미리 걱정되어 하는 말이지만 겨울에 온도 조절을 무슨 수로 영상 이십 여도를 유지 하느냐가 큰 문제인데, 알고 보니 추워서 동사하는 경우는 없단다. 추우면 자연에서 살아왔던 그들의 생태상 그렇게 동면을 하기 때문에 괜찮단다.

대신 발육성장이 멈추는 기간일 뿐, 폐사는 안 된다니 참 다행이다.

이런 걱정 속인데 새롭게 자란 달팽이를 가지고 9월24일 우리 면의 버섯축제를 맞이하여 방문객들에게 먹거리 소개를 한단다. 그러면서 시식도 한다니 기대가 된다.

그래 어떻게 해야 구미에 맞는 요리를 개발할 것이며 이 때 쓰이는 와인은 어떻게 조달될 수 있는지? 생각하니 잠이 안 온다.

내가 이럴진대 본인은 어떨까? 그러기에 녀석이 매일 그렇게 2~3시까지 잠도 안자고 무언가를 구상하나 보다. 아무튼 잘 되기를 바란다.

잠이 안 오니 그날을 맞춰 지어 낸 시조이다. 제발 "행복한 달팽이"처럼 너에게도 행복한 삶이 오기를 빈다.

*'행복한 달팽이'는 상희가 운영 중인 양사장의 이름이다.

決行을 하고 보니 (Fri. jan 27,'17)

내일이 음력 설날이다.

나는 명절만 오면 작아지는 신세다. 딸자식이 있기는 하나 없는 것과 같은 처지이기 때문이다. 그랬거니 떡국은 먹어야겠다 싶어 오후에 내려가는 버스를 타고 마트에 들렀다.

흰떡을 넣은 상자를 들고 정류장에서 기다리는데 건너편에 걸려있는 플래카드(placard)! ;"고향에 오심을 진심으로 환영합니다."

연중 두 차례, 때가 되면 볼 수 있는 면 소재지나 큰 동리 입구에 가로질러 매단 인사말이다.

그런데 그 옆에 "상촌에 왠 풍력발전기 설치인가?"라는 색다른 내용이 있는데 그 주관자가 "영동반대위원"이라고 적혀 있다.

첫 눈에 거부 반응이 딱 든다.

풍력 발전기나 태양광 발전이 그래도 친 환경시설이라는데 이것도 반대한다? 전자파가 걱정이 된다면 저희들 핸드폰이나 포켓 속에, 그것도 바지 주머니 속에 넣고 다니지나 말라지.

매사에 반대만 하는 언필칭 환경론자들의 심보 때문에 나라에 되는 일이 없으니, 참으로 못마땅하다.

사실 평소에 나는 우리 면에 위치한 도마령 고개에 풍력 발전기를 설치하면 참으로 좋은 명소가 될 것이라는 생각을 해본 적이 있기에 더욱 그렇다.

도마령은 해발 800미터가 넘는 재로서 무주로 통하는 기막힌 드라이브 코스이기도 하다.

그 고개를 정점으로 전북과 충북의 도계를 이룬다고 봐야 한다. 그곳에서 보는 전망이 가관이다. 저 앞에는 무주의 덕유산이 펼쳐진다. 고개 넘어 양쪽으로 난 차도는 구절양장이 따로 없는 스릴만점이다.

고개 왼쪽에는 상촌면과 용화면의 경계를 이루고 있음을 말해주는 '상용정'이라는 정자가 있다.

그 정자에서 구름다리를(over dridge)놓아 앞산에 연결해 놓으면 산의 능선을 탈 수 있으며 그 능선이 끝나는 정상 봉우리에 타워(Tower)를 세우면 끝내줄 전망대가 될 판이다.

산 자체의 높이가 1000미터가 넘으니, 거기에다 200미터 쯤 높이의 타워를 세운다면, 대한민국의 1등 일출일몰을 즐기는 산중 관광명소요, 자랑거리 랜드 마크(land mark)가 될 것이다.

또한 그곳까지 이르는 능선에 풍력 발전기 3~5기를 설치하고 그 지주와 지주 사이로는 리프트(lift)를 놓으면 노약자들을 정상까지 태워 나를 수 있고….

저런 플래카드를 붙여진 것으로 보면, 그런 발상 자가 있기에 그에 반대한 것이려니, 일단은 같은 마음의 동지를 만난 것 같아 내심 기뻤다.

그러면서 '상촌에 그런 여건이 부합하여 세운다는데 어째서 반대해?'하는 생각에 화가 난다.

반대위원 이라는 자들이 누구인지는 드러나지 않고 있다. 보아하니 읍내 사람들로 결성된 위원회인 것 같다. 왜냐면 "위원회" 앞에

"영동"이라는 말이 붙여진 것으로 보아서이다.

상촌사람이라면 굳이 "상촌"이라는 이름을 쓰지 않을 이유가 없을 터다.

영동이란 이름으로 위원회를 조직한 그들이 맞는다면 묻건데 그토록 상촌의 자연을 사랑하고 걱정해서 그러는 것이라면 '여름철의 행락객이 남기고 간 계곡의 흔한 쓰레기를 한번쯤 청소라도 해 봤느냐?'라고.

버스 올 시간이 10여 분 남았다. 서두르면 될 것 같다. 급히 마트에 다시 가 문방구용 칼을 구입했다. 그러고는 도로의 건너편으로 가 걸려있는 플래카드의 끈을 툭툭 끊었다. 끈은 뭉쳐서 쓰레기통에 넣고 플래카드를 둘둘 말았다.

그래도 이번은 내심 조금도 떨리지 않았고, 누가 볼까봐 서두르는 그런 겁도 없이 태연히, 아주 당당하게(?) 해치웠다.

둘둘 말은 것을 장 본 물건과 함께 집으로 가지고, 오는 버스 안에서 지난 2014년쯤의 일이 생각나 피식 웃음이 났다.

그런데 공교롭기도 하지. 그때는 추석 명절이 사흘 뒤인 월요일이요, 내가 결행한 날은 그 직전인 금요일이었다. 그러니까 그날 오후에 그 플래카드를 보고서이다.

영동을 가는데 읍내 초입인 첫 로터리에 걸려있는 플래카드에 스치는 내용이 맘에 걸린다. 당시는 "이석기를 석방하라!"라는 구호가 전국을 뒤덮던 때다. 돌아올 때 자세히 보니 아니나 다를까!

이미 헌재에서는 그 당이 불법 당으로 해체된 상태요, 그 괴수인 이석기는 국가전복 음모내란선동죄로 기소된 터인데 어찌어찌하여 7

년 확정 형을 받고 막 수감생활을 하고 있을 때다.

그런 "이새끼"를 석방하라고? 17년도 부족 하거늘 7년! 내 피가 끓는다. 어찌하여 공산당인 통진당이 내가 사는 영동에서 까지 버젓이 플래카드를 달아 매달정도로 활개 친단 말인가!

그토록 사상이 오염된 영동이 개탄스럽고 부끄럽구나!

이런 플래카드가 중앙R에도 걸려 있는데….

어째서 저런 불법을 보고서도 순찰 경찰은 외면하고 있을까? 귀신 잡는 해병대라는데 그 조직인 전우회는 뭐하는 자들인가?

전우회 사무실이 읍내의 외곽지에 있기에 모르고 있는 걸까?

'그래, 오늘은 대책 없는 빈손이니 어쩔 수 없고 내일 토요일에는 내가 차를 몰고 나와 당장 요절을 내야지.'

다음날이다.

드디어 거사일이 왔다.

잘 드는 단도(과도)런만 쓱싹쓱싹 갈아 품에 품고(호주머니) 결연한 각오로 현장에 갔다. 차를 한 쪽에 세워놓고 주변을 조심스레 살핀다. 아무도 없다. 두어 번 플래카드 앞을 왔다 갔다 하면서 상황을 재 본다.

그런데 그 길이가 꽤 길다. 미처 그렇게 긴 줄은 평상시엔 몰랐다.

아마 5미터는 실히 되나 보다. 거기에다 끈은 왜 이리 길고 긴지….

순리대로 풀어서 정리할 계제가 아니다.

신속하게 감쪽같이 처리해야 한다.

가지고 간 단도를 품에서 꺼내어 아래 위 끈을 쓱싹쓱싹 내치니 마치 마상위의 기마 선수들이 장검으로 볏짚을 자르듯이 맥없이 떨어진다.

막상 이렇게 되자 내 맘은 콩닥콩닥, 두 근 반 세 근 반이다.

대충대충 둘둘 말아 차에 싣고 시동을 걸고는 망설인다. '이것을 경찰서로 가지고 가서 보기 좋게 호통을 쳐봐? 에이 놈들, 도대체 눈뜨고 뭣 하는 놈들이냐?,라고 아니지, 그럴 경우 귀찮아 책임을 피하기 위해 접수를 않는다면? 그렇지, 해병대 전우회 사무실로 가 본다? 그것도 안 될 일이야. 그들이 안 봐서 몰라 이럴 리는 없지!'

그렇다면 책임지고 공무를 할 곳은 그래도 경찰서야, 그리로 가야지, 경찰서로.

이 처리 결과를 민원을 낸 내게 확실히 알려줘야 할 의무가 있으니까.

이러는 긴박한 정리 중에서 차는 어느덧 나도 모르게 경찰서 정문을 들어선다.

"어떻게 오셨나요?"

"자네 서장님 보러 왔네."

"서장님은 안계시고 과장님이 2층 왼쪽 방에 계십니다."

"그래?"

내가 계단을 올라 2층에 도달할 즈음이다. 초병이 헐레벌떡 뛰어온다.

"아저씨, 과장님도 안계시고 계장님은 오른쪽 방에 계십니다. 그리로 가시지요." 순간 나는 '요놈이 내가 찾아간다는 정보를 알려주어 정보 과장이 귀찮으니까 어디로 피한 게로구나.'하는 생각이 퍼뜩 든다. 어찌되었든 문을 열고 보니 아무도 없는 빈 방안에 책상 다리만 네 개가 정면에서 버티고 있다.

요놈이 그 책상 뒤에 숨었나 싶어 고개를 숙여 바라봐도 그건 아닌 것 같다.

어럽쇼! 그 의자 뒤 벽에 달린 쪽문이 보인다.

'요것 봐라! 쥐새끼 같이 그 문 뒤에 숨은 게 분명하구나!' 문을 열고 확인해 볼까 하다가 그냥 뒀다. 피차간의 인사가 아닐 것 같아서다.

사실 아무도 없는 남의 공적 사무실에 들어가 쪽문을 열고 조사(?)까지 한다는 건 심각한 일이 될 것 같아 그냥 방문을 닫고 돌아 나왔다. 그리고는 초병이 일러준 오른쪽 방으로 들어가 전후사연을 말했더니 젊은 직원이 하는말;

"아저씨, 그런 것 함부로 손대면 처벌 받아요."

"그래? 제 놈들은 이것을 허락받고 매단 것도 아니련만…."

"아네요, 아저씨 그 오른쪽 끝에 보면 쓰여 있어요, 훼손하거나 떼어내면 처벌 받는다고요."

"그럼, 자네가 이 끝을 잡고 펴봐, 내 확인해 보게" 하면서 끝은 내가 잡고, 직원은 시작부분을 잡고 펴간다. 사무실을 양분하는 긴 길이이다.

정말로 오른쪽 맨 밑에

"…선거법 ㅇㅇ조에 의거 파손 및 훼손시에 법적 조치됨. 통진당"이라 적혀 있는 게 아닌가!

세상에! 이쯤에서 잘못되면 심각한 상태에 처해질지도 모른다는 생각에 스스로 소심해진다.

이러니 번화한 중앙 R에 걸려 있는 "이새끼" 석방하라는 플래카드 떼어낼 용기가 쏙 들어간다.

'무식이 용기라더니!…' 참으로 난감하다. 알고서야 다시 결행할 배짱이 나지 않는다. 배짱은커녕 나의 인적사항을 사전에 내 스스로다 밝혔으니 악당들이 나를 찾아 내 집에 안 오리란 보장이 없다. 이제는 은근히 겁이 생겨난다.

'에라! 이것을 가지고 가서 "이새끼" 이름을 싹 태워버리자.'해서 그것을 경찰서에 내팽개치는 대신 집으로 싣고 와 저쪽 밭 구석 끝 냇가 위에서 태웠다. 잘 타던 불꽃이 양 걸대 부분에서는 가물가물하다가 다시 활활 붙는다. 흔적 없이 타는 것 같아 안심이 된다했더니 각목의 아래 위 쪽은 끝까지 타다가 기어이 남는다. 좀 불안하다. 검게 탄 흔적의 각목이 지금까지 아직 그대로 있으니.

*이석기를 나는 항상 그렇게 부른다. "이새끼!"라고, 또 있다. 뇌는 없고 무식한 좌파 이념만 있는 대통령은? "뇌무통!"

茶飯事 (Sat. Feb 11,'17)

날새어 뿌연한가 달빛비춰 뿌연한가
핸드폰 뚜껑열어 확인하니 세 時인데
안식구 화장실썼나 불안끄고 켜져있네

<여백의 글>

긴긴 겨울밤!

요즘 같이 달빛이 있는, 잠이 깬 밤중에는 늘 겪는 헷갈림이다.

과연 날이 새서 그런지 아닌지 하고. 시계를 봐야 판단된다.

안식구는 자주 화장실에 가면서 낮이나 밤을 가리지 않고 불을 안 끄
는 경우가 자주 있다.

밤에 그러면 밤새도록 백열전구가 켜져 있으니 문제다.

주변에 寶物들 (Sat. Feb 18,'17)

사람보다 식구보다 가까이에 있는것이
變心없이 친구되어 道理하니 보물이네
그 중에 개와고양이 生命있어 情도주네

앉은뱅이 交子床을 책상으로 사용함이
聖像앞에 기도서에 매일미사 올려있네
묵주는 앞모서리에 손이닿게 놓여있네

고양이 하는짓이 잠잘때에 함께하니
끌어안고 토닥토닥 엉덩이를 두들기면
꼬리를 살랑대면서 안다하니 交感이다.

핸드폰 나를따라 여기저기 옮겨지니
外出할때 물론이고 안에서도 그러하면
소리가 들리는곳에 가까이에 항상있다.

TV를 켜놓고서 消燈하여 자리찾고
리모콘을 끄고서는 묵주기도 올리니다
聖母誦 자장가되어 꿈나라로 이끄신다.

안경이 옆에있어 책보기에 편리하고
메모지와 볼펜자루 언제라도 대비한다.
時想만 떠오른다면 자다가도 적어둔다.

　이외에 런닝머쉰 운동열량 많게하고
　아령들고 휘둘르니 양팔筋肉 지켜준다
　돌리는 홀라후푸는 유연성에 그만이지

　로윙器 노저으며 물결맞서 헤쳐가고
　공운동은 굽은척추 老年됨을 막아준다
　이모두 말없는친구 곁에있는 寶物이지

<여백의 글>

　나는 의자 딸린 책상을 사용하지 않고 있는지가 십칠 년이 됐다. 방석 앞에 교자상을 놓고 책상으로 쓰고 있는 중이다.

　성상, 촛대 둘, 성경, 매일미사, 독서대, 안경, 노트와 메모지들이 그 위를 차지하고 있다.

　처음 몇 년은 정결하게 그렇게 써왔다. 책상이라기보다는 기도대의 역할이 컸다.

　세월이 흐르면서 게으름도 때 끼듯이 자꾸자꾸 쌓이는 게 늘어났다. 노트가 한권만 있으면 됐지, 수권이다. 매년 초에 달력과 함께 주는 것을 받다보니 그렇게 쌓이게 됐다. 거기에 각종 월간지, 여타 다른 것도 즉시 즉시 안 치우다 보니 이제는 그야말로 잡동사니 책상으로 변해가고 있어 스스로도 너무 불경스런 분위기다 싶어 자책감이 들 정도이다.

그뿐인가, 방바닥은 어떻고?

내가 사랑하는 고양이, 흰 염소 같은 '퀭'이 밤낮으로 차지하고 있으니….

그렇거니 생각해 보면 이들이 나와 함께 변심 없이 곁에 있으면서 어느 누구보다도 좋은 친구요 나의 보물이구나 싶다. 그것들이 내 주변에 없다면 나와 가까이 있는 사람도 없는데, 이 얼마나 외롭고 불쌍할까?

그중에 제일로 교감을 나누는 고양이를 나는 애지중지 여긴다. 문제는 녀석의 나이가 동물 나이로 환산해 보면 내 나이 보다 많다는 점이 참으로 안타깝다.

퀭이 나와 함께 생을 동행할 수 있을지….

매일같이 곁에 있어 운동도구로 사용하는 각종 기구 또한 나의 보물들이다.

이들은 변함없이 나의 건강을 지켜 주기위해 스스로를 나에게 내맡기고 있으니 사람보다 식구보다 고맙기까지 하다.

사람은 뉘며 식구란 누구를 말함일까?!

참으로 서글픈 내 말이다.

이러려고 서울왔나 (Mon. Mar 13,'17)

핸드폰 紛失하러 서울을 올라왔나
잠바포켙 그리낮아 빠져난줄 몰랐으니
다행히 연락이닿아 保管驛을 찾아갔지

핸드폰 찾을려고 서울을 올라왔나
교육장소 등록하고 수색역을 向했으니
차라리 분실할거면 永同에서 할 일이지

왼종일 意味없이 보낼려고 서울왔나
이촌역과 수색역을 찾아갔다 내려오니
그래도 追憶만들기 오늘일이 허허로다

<여백의 글>

　이촌역에서야 알았다. 핸드폰이 포켓에서 빠졌음을. 그러지 않아도 서울역에서 내릴 때에 성님더러 "빠뜨린 것 없는지 확인해유."하며 내 스스로도 좌석 바닥을 확인까지 했으련만, 이게 어찌된 일인가!

　전화가 없으니 어디에 확인하기가 당장 아쉽다. 다행히 성님이 옆에 있어 신속하게 처리가 되었다. 1577-7788에 그 핸드폰의 색깔과 S사에

제품임을 알려주었더니 20여 분 후에 전화가 온다.

수색역에 보관되었단다. 아~니, 서울역에서 내려 이촌역에 오는 시간까지 합하면 기껏 30여 분 밖에 안 되는데 그 사이에 내 핸드폰이 수색역 유실물 Center에 있다니!

빠른 확인 업무에 놀랍고, 반갑고, 안도했다.

열두 시가 채 안되었지만 이른 점심을 먹어야 1시 등록에 댈 것 같다.

역 주변에서 제법 떨어진 곳에 가서야 음식점을 찾았다.

점심이라야 손칼국수에 막걸리를 곁들이는 것이지만 값을 쾌히 내고 싶은 심정이다. 아~니, 그래도 얼마나 다행이요, 기쁜 일인가!

그러나 굳이 성님이 낸다.

시간을 계산해 보니 수색역을 찾아가고 다시 오는 것을 감안하면 적어도 3시간은 족히 소요될 것 같아 등록만 하고 나왔다.

중대성으로 보면 핸드폰 찾는 것이 우선이다.

그렇지 않으면 택배로 부쳐야 하고 그러려면 수속이 복잡하다.

40여분을 기다리니 담당 직원이 물건을 가지고와 건네는데 틀림없이 내 것이다.

색깔이 그렇고 일견에 직감적으로도 내 것이기에 그저 신기하고 신통하다 싶었다.

건네받으면서 드는 생각이다.

'이놈이 시골에 있다 보니 답답해졌나. 이참에 서울 물정이 어떤가 하고, 슬그머니 주인 몰래 빠져나와 거리를 활보하고 다니다가 순찰 역무원에 잡혀 다시 주인에게 억지로 끌려 온 게 아닐까. 그러기에, 이렇게 죄송하다는 듯 다소곳이 있는 게지.'

즉시 교육 받고 있을 성님께 전화한다.

"전화하는 걸 보니 찾았구먼" 한다.

그곳을 나와 역으로 향하는 도중에도 핸드폰을 확인하느라 포켓 속에 손을 자꾸자꾸 넣어보곤 했다. 서울역에서 4시50분 타야 한다는 통화를 마치고 급히 서두르는 마음인데도 오늘의 목적과는 너무 상관없는 돌발 사고로 인해 무의미하게 하루를 보내는 것 같아 허탈했다.

한데도 이번 일이 분명 '추억 만들기'였다라고 생각하니 마음이 허허할 뿐이다.

이런 일이 있어서야! (Sat. Aug 19,'17)

"항암 배추나 비타민 배추 있어요?"

"안녕히 가세요."

모종을 취급하는 대로변 농약사 주인과 손님인 나와의 대화이다. 순간 설마 나한테 한 말은 아니겠거니 여겼다. 옆에 서 있는 할머니와 거래를 끝내서 나누는 인사인줄로 여겼지, 내 물음에 '그럴 리가?'하며 속으로 께끄름하게 여기면서이다.

이번에는 순무 씨앗을 발견한 손님이 '이곳에서도 드디어 순무씨를 구할 수 있구나'하는 반가움에 말을 건다.

"순무 우리 영동에서도 됩니까?"

"글쎄요."

"글쎄라니요?"

"내 맘이죠."

이어서 나오는 말

"가세요. 시비 걸지 말고."

주인과 손님인 나와의 짧은 대화다.

이쯤에서 분명한 것은 처음의 내용을 확인할 수 있었다. '옳지. 나에게 한 대답이 틀림없구나.' 아무리 언어의 경제성을 앞세워도 유분수지 "없는데요." 하면 되지 "안녕히 가세요."는 그때 나와야 할 대답은 아니다. 없는 물건을 찾는 손님과는 거래가 '필요 없다' 여기며 무시 한 채, 내쫓는 강압적 말투이다. 이는 습관적으로 몸에 배어서 나오는 말이요, 손님이 많으니 귀찮다는 표정이었음이 역력했다.

대화는 계속 이어졌다.

"시비를 걸어요?"

"가세요. 시비 걸지 말고."

"안가면 경찰을 부릅니다."

어이없는 협박을 하면서 씨앗 전시대 앞을 비켜 나에게로 바싹 다가온다. 두 사람의 코가 닿기 직전이다. 건장한 젊은 체구가 가히 위협적이다.

"저기에 앉으세요. 경찰을 부를 테니."

"나 거기 앉아 있을 시간 없어요. 버스 시간에 가야 해요."

가까스로 명분을 살려 체면의 위기(?)를 모면해 빠져나왔다.

버스를 타고 생각을 하니 속이 답답하고 한심스러웠다. 어째서 '장사는 친절이 보배이련만 이럴수가!'

내가 영동에 살아온 지 십칠 년이 됐다.

영동은 나에게 자랑스럽고 만족하게 여기는 삶의 터전이다. 여러 이유가 있지만 높은 산과 골이 많고 물이 맑은 자연환경이 좋아서요, 각종 과일의 풍부한 생산지라는 것은 덤으로 받는 혜택이라서 이다. 뿐인가. 영동하면 어쩐지 어감이 부드럽고 사람이 순박할 것 이라는 이미지가 떠올라 그렇다.

요즘 같은 세상에 지명에서 신임도를 얻을 수 있다는 것은 참으로 다행한 일이다.

그러나 앞의 예와 같은 상인이 있다는 것은 정말로 마음 아픈 일이다. 거래 객이 노인이라 깔보는 경향인지, 아니면 장사가 잘 되어서 튕기는 배짱인지는 모르나, 영동의 명예를 위해서라도 이런 업소들에게는 소비자들이 거래를 통한 결과의 맛을 보게 해 줘야 할 일이다.

근방에 있는 어느 신발 가게도, 어느 (외과)병원도 불친절 하기는 마찬가지이다.

십여 년 전에 겪은 일!

분명 점심시간은 12,30~1,30이라 쓰여 있는데 두 시반이 넘어서야 나타난 병원장! 그러면서도 미안하다는 말은커녕 "기다리지 말고 다른 병원으로 가면 될 것 아니냐?"는 투의 태도였다.

참으로 맑은 영동의 이미지를 해치는 일상에서 일어나는 일들이 바로 잡혀 가면 좋겠다. 그런 업소와는 거래를 하지 않는 게 제일 좋은 방법이리라.

집에 오는 내내 자꾸 되뇌는 입속말이다, '영동에서 이런 일이 있어서야. 친절이 자산이련만.'

버스 안에는 모종 비닐봉지를 든 노인들이 많이 보인다.

영동신문(8월 31.'17)

錢의 本性 (Thu. Sep 7,'17)

돌다잘못 들어왔나 出口뵈니 쏜살같네
通帳안에 산다해도 머물제집 아닌듯이
있다가 나가는根性 얄미웁고 얄밉구나

미꾸라지 빠지듯이 들어오면 빠저나니
내집안에 잡아두어 가둬두기 힘들구나
용케도 쓸곳생기면 내어주고 빈손이네

들어오기 힘들어도 나갈때는 바람이니
들어왔다 자랑말고 나갔다고 푸념말라
그러다 지나치면은 주변에서 嘲笑한다

찾아오면 오래오래 머물다가 가야거늘
무슨사연 바빠선가 그리빨리 일어서나
내마음 어찌할거나 허전하고 허전하다

매몰차다 정이없다 賤視하면 토라질라
부자사람 겸손하고 貧한사람 성실하면
돌다가 들어올때는 오래함께 머물리다

<여백의 글>

나이가 들어서 활동력이 무력해 가는데도 돈은 필요한 것일까? 하는 생각이 문득 든다.

돈이란 경제 매체요, 수단이다. 경제란 사람과의 관계요 소통이다. 그러니 돈은 사람과의 필수적 매체이다.

활동력이 왕성할 때는 적극적으로, 육신이 쇠락할 때는 소극적 방법으로, 다시 말해 적극적 방법이란 육신과 정신의 왕성한 활동으로 한 돈의 활용, 소극적 방법이란 반대로 육신의 쇠락과 정신이 희미하나 나름대로 돈의 활용 방법이 있을 때까지는 그것의 매체 방법을 이용할 수밖에 없다고 본다.

직설적으로 말하면 우리 인간은 그런 경지에 도달할 때까지, 즉 죽음이란 문턱을 넘기 직전까지는 돈이 필요할 것이다.

또한 삶과 돈의 관계는 빈부자나, 강약자를 불문라고 누구에게나 똑같이 적용될 수밖에 없는 것이기에, 삶과 죽음은 돈 앞에서 결국 平行으로 갈 수 밖에 없을 것 같다. 그러니 生이 錢이요 死는 無生이요 無錢이다.

生과 死間에 錢이 차지하는 비중은 똑같다 하겠다. 삶을 중히 여기듯 돈 또한 중하게 여길 일이요. 죽음에 이를 때까지는 꼭 붙잡고 있을 일이다. 죽음은 경제활동의 끝남이요, 그것은 곧 돈의 매체성이 끝남이니까.

왜 이리 설레일까 (Fri. Nov 17,'17)

同窓이 온다는데 왜이리 설레일까
불편할줄 알면서도 온다하니 그래설까
미안함 이는마음에 고마웁다 그래설까

올때는 밀물인데 갈때는 썰물이네
짧은 日程 一泊二日 멋진추억 만들었네
아쉬움 없을수있나 산다는게 그런건데

<여백의 글>

　나는 학교 동창이 됐던 직장의 동료가 됐던 간에 서울에 있는 친지들
한테 내 사는 영동으로 바람 쐬러 오라는 말을 하기가 어렵다.

　물이 흔한 여름이던, 하늘 맑은 가을이던 간에 와서 1박 정도를 보내고
가면 좋겠지만, 오라고 권유를 하는 것이 불편을 주는 것 같아서다.

　승용차로 온다면 체증이 없는 경우라야 두 시간 반을 잡아야 하고 주
말의 체증이 심할 때는 종잡기가 힘드니 그렇다. 온다면 기차를 이용하는
것이 제일 좋은 방법이긴 하다. 정확히 2시간 반이 걸리는데, 온 신경을
곤두세우고 운전할 필요 없이 기차에 맡기고 편한 맘으로 오면 되기 때문
이다.

　이번 16일에 서강 친구들이 온단다.

　역시 불편해 할까봐 권유를 한바가 아니지만 온다니, 이 아니 환영

할 일 아닌가!

월례 동창 모임을 영동에서 갖는 셈치고 정했더니 아홉 명이 지원했단다. 그들 이름을 보니 다 정다운 이름들이요 격의 없이 지냈던 친구들이다. 정해진 날짜가 다가올수록 내 맘이 설렌다. 왜일까? 불편을 감수하면서도 온다하니 고맙기까지 해서일까? 학교 떠난 후 이렇게 대 집단(?)을 맞이해야 하는 반가움이 있어서일까? 그러는 한편에서는 걱정도 일기 시작한다.

1박 2일을 위한 계획을 세웠다. 그들이 역을 나오면 맞이하는 것에서부터 시작하여 다음 날 돌아갈 때까지의 일정에 식사와 숙소까지 다 준비했다. 근방의 볼거리도 있으니 차편도 준비해 두었다. 한 치의 허비 시간이 없도록 안배를 해 일정을 짜놓고 보니, 방학 때만 되면 전국을 돌던 때에 했던 그 준비성이 아직도 배어 있구나 싶다.

이렇게 계획대로 1박 2일을 보내고 막상 친구들이 상경하고 나니 아쉬움이 남는다.

영동하면 곶감과 호두가 아닌가! 곶감은 아직 덜 됐으니 따갈 수는 없고 건조장에 걸린 것을 따서 맞을 볼 수는 있었다. 대신 그저께 일부러 따둔 생감을 10개씩 호두 담은 봉지와 함께 종이 백(bag)에 넣어 정표로 나눠줬다.

역에 배웅을 하고 돌아서니 썰물 빠지듯 일박 이일의 흐뭇함이 아쉬움으로 남는다.

큰형님 九旬 祝詩 (Sat. Dec 9,'17)

九十이 되셨어도 꼿꼿하고 정정하니
당신보고 老人이라 말할까봐 초조하오
세상이 그러더이다 百二十살 시대라고

건강이 財産이라 힘써관리 하실지니
靈肉間이 건강중에 끝점까지 가야하오
세상이 말하더이다 長壽福도 많다라고

平生을 지은농사 豊作으로 거뒀으니
곳간가득 가득쌓여 근심없이 지낼리다
세상이 그러더이다 子息福도 타고났네

主님이 부르심은 樂園으로 가는거니
깨어있어 준비해야 何時라도 받을리다
세상이 다른세상에 새로나심 행복일네

<여백의 글>
대전에 있는 경자한테서 전화가 왔다.

"아버지 九旬 생신에 저희 형제들, 사촌들과 함께 동네 분들을 모시고 생신 축하를 해드린다."는 내용이다. "오, 그래? 잘했다. 내가 고맙구나."

사실 그렇다. 저희 행사가 있을 때마다 작은 아버지라고 연락해주는 녀석들이 고마울 뿐이다. 칠 공주들이 합심해서 제 아버지 생신 축하를 해드린다니, 그 맘씨가 참으로 기특하다.

구순을 맞이하는 형님을 위해 '막내가 할 일이 뭘까?'를 생각해 본다. 그래, 아버지를 대하는 맘으로 곶감을 드려야지. 곶감하면 맛도 맛이려니와 만드는 과정에 정성이 듬뿍 들어가니 큰 의미가 있지 않은가? 거기에 祝詩를 지어 형님 앞에서 읽어드리면 참으로 흐뭇해하실 것 같다.

먼저 크고 실한 놈을 따서 꼭지를 돌려가며 정갈하게 정리한 후 상자에 넣어 밖 한데에 내 놓았다. 그렇게 준비해 둔지가 벌써 2주 전이다. 그리고 오늘 아침에서다. 차를 쓰려고 했더니 이게 왠일! 상희가 곶감 축제를 앞두고 이용해야할 처지인걸. 그것도 모른 채 혼자서만 일정을 짠 내가 불찰이지, 사전에 예약을 한 것도 아니고… '그래? 그러면 버스를 타고 가는 수밖에.' 그런데 시간표를 보고 또 봐도 여기서 나가는 버스가 10시 경에만 있으니, 그걸 타고 역에 나가 기차로 대전까지 간 후 또 서부 터미널로 가 부여행을 타야한다. 뿐인가 그곳 터미널에서 택시를 잡아 B호텔까지 가야 한다. 차를 몰고 가듯이 빈 시간 없이 차편이 이어진다 해도 1,30 경에야 도착한다는 계산이다. 그 시간은 이미 행사가 다 끝나 동네 분들은 돌아갔고 조카들만이 남아서 뒷정리를 하는데 작은 아버지가 그제야 나타나니, 이를 어쩐다하며 한바탕 부산을 떨면서 점심상을 차릴 테고….

이렇게 하면서도 조카들, 형님하고 정다운 말도 나누지 못한 채 혼자 허겁지겁 쫓기듯 점심을 먹고 이어 커피 한 잔을 들이켜고….

사실 거기에 머무를 시간은 한 시간이 되려는지? 왜냐면 돌아가는 버스가 영동에서 4,50 분이 막편이니 그렇다.

'그럴 바엔?…' 하면서 가는 것을 포기했다.

아마도 규암에 있는 동생이 참석을 않겠다는 시큰둥한 반응만 안보였어도 아무리 −12C° 가는 추운 날씨라지만 다부지게 맘을 먹고 나섰으련만. "구순이 무슨 장한 일이라고…" 엊저녁에 건 전화 속에서 나온 대답이었다. 당사자 주인공인 '큰 오빠가 들었어 봐라.'하는 말을 속으로 되뇌였던 난데, 안 간다니!

막상 열 시가 지나 이러지도 저러지도 못할 어쩔 수 없는 상황이 되니 후회가 든다.

'아버지 생신이었다면 과연 내가 안 갔을까?' "큰형은 아버지와 같은 존재다."하는데, 죄를 지은 이상으로 맘이 편치 않다.

요즘은 차편이 안 되면 사람 구실을 못하는 세상이다. 준비된 축시는 곶감을 택배로 보낼 때 함께 넣어 보내면 될 것 같다.

형님, 건강하셔야 합니다. 건강이 재산인걸요.

재산 관리 잘 하셔야지요. 그러면서도 때가 때인 만큼 항상 깨어 주님 맞을 준비를 하고 계셔야함을 잊지마셔요.

한때는 12년 차이가 꽤 크다고 여겼는데 이제는 별루인 것 같네요. 세월이 저를 겁 없게 해 주었나봐요. 다리 위를 저도 건너가리이다.

내내 건강 지키셔요. 건강한 사람이 승리한 사람이요, 성공한 사람이래요.

長壽理由 (Thu. Dec 21,'17)

자연은 제갈길을 잘도알고 돌고돈다
浮生들은 그와중에 요리조리 헤쳐간다
얼마나 바삐사는지 죽을시간 없다한다

낙숫물 秩序 (Sun. Dec 24,'17)

겨울비 추적대니 추녀 끝에 방울맺어
또록또록 질때마다 뒷방울이 쪼록온다
서울역 매표소광경 그秩序를 예서본다

<여백의 글>

자연의 질서는 참으로 신비롭다. 가뭄이 있으면 비가 내려 해갈이 되고 추위가 있으면 봄이 와서 따사롭게 감싸준다.

비가 왔으면 좋겠다 싶을 정도로 겨울 가뭄이 계속되는 요즘인데 어쩌면, 이렇게 신기도 하지. 겨울비가 소리 없이 내려주니!

아침 미사 시간 출발하기엔 시간이 좀 일러 난로 옆에서 커피를 타 마시려는데 방울방울 낙숫물 떨어지는 게 힐끔 보인다.

그 광경을 보고 있자니 재미있다 싶다. 빗방울이 똑똑 떨어지면 그 자리 뒤에 있던 물방울이 또로록 굴러 와 얼른 채우는가 싶기가 무섭게 낙하 하는데 그 반복되는 과정이 결코 새치기가 없이 질서정연하다.

틀림없이 서울역의 매표소 모습과 똑같다.

표를 받아 나가면 뒤에 서 있던 사람이 재빨리 그 자리에 와 매표창구 앞에 선다. 바쁘다고 새치기 하는 일이 있을 수 없다. 차례대로 묵묵히 진행될 뿐이다.

어쩌면 그리도 똑 닮았는지! 재미있다.

그 놈의 능수버들 (Mon. Nov 19,'18)

무성한 잎에가려 버스오는걸 못보고
잎이져도 가지에가려 또그렇게 놓친다
웃자고 하는소리다 그놈의 능수버들

<여백의 글>

　동네 앞 다리 건너 차도 따라 있는 냇가에 늘어선 버드나무 때문에 종점에서 내려오는 버스를 놓칠 뻔한 일이 가끔 있다.

　여름에는 잎이 무성하여 그렇다 치고, 늦가을 잎이 떨어져도 여전히 그렇게 버스 내려오는 것을 못 보는 것은 순전히 버드나무의 잔가지 때문이다. 잔가지가 겹겹이 늘어져 있는 것은 잎이 무성한 경우처럼 차가 내려오는 것을 가린다.

　몇 백 미터 앞서부터 버스 내려오는 모습이 훤히 내다보인다면, 늦었을 경우 뛰어가면 탈 수 있는데, 잎이 떨어졌어도 잔가지 때문에 내려오는 것이 안보이니 뛰어 갈 시간이 없어 놓치고 마는 경우가 있다.

　일찍 집을 나왔는데 놓치고 나면, 그저 허탈할 밖에! 그것도 추운 겨울 이른 새벽에 그러면, 더욱 그렇다.

구름방지 (Fri. Dec 27,'18)

기차가 조치원역을 출발한다.

서서히 진행함에 따라 플랫폼(platform)의 반대 철로도 비례해 뒤로 밀린다.

이때다. "구름 방지"라고 쓰인 낡은 푯말이 볼품없이 꽂혀있는 게 지나간다.

순간 의아해 했다. "구름방지?"

기차에 가속이 붙어 속도를 내자, 이미 그 푯말은 구름 속으로 사라진 듯 시야에서 사러진지 수어분이 지났건만, 뇌리에서는 그 용어를 계속 곱 씹어본다.

'굴름방지'를 저렇게 쓴 것이 분명할 텐데….

조치원역 일대는 구르고 미끄러질 지형이 아닌 평지이니 그렇다.

그보다는 기차가 정차했을 때 뒤에서 오는 다른 기차에 받혀 밀릴 수는 있을 일! 그렇다면 '충돌방지' 쯤으로 써야 맞으련만….

아니라면 굴러가는 것을 막는다는 뜻으로 명사화한 '굴름방지'로 한다든지….

(이후 집에 돌아와 사전을 보니 "굴르다"라는 말은 틀린 것이라고 (X)로 표시돼 있다. 그렇다면 위에 쓴 명사화한 말 "굴름방지"란 것은

완전 틀린 나의 무지임을 들어낸 셈이다. 그러니 "구름방지"가 옳기는 한데 어쩐지 현실과는 거리가 있는 것 같다.)

그건 그렇고 다시 조치원역으로 이야기를 돌린다. 어찌된 일인지 오늘의 내 좌석은 알고 보니 "장애인석"이다. 이미 영동에서 탈 때부터 빈자리가 있었는데 '어째서일까?' 했던 차다.

승무원이 안내하며 들어오는 것으로 보아 시각장애인이 분명한 어느 여성 승객을 내 옆 통로 좌석에 편히 앉히고 간다.

그런데 그 여성분 하는 행동이 신기하다.

핸드폰을 꺼내더니 전화를 건다. 아니 시각장애인이 어떻게 핸드폰 숫자를 누를까? 저들의 전화기 숫자판은 우리의 것과 다른가? '아~니, 핸드폰 숫자를 보고 전화를 한다면 지금 막 사라진 "구름방지"를 읽을 수도 있지 않을까?'

그리고 어떻다 생각할까? 별별 생각을 해본다.

겨울철 오전의 차창 밖 햇살이 무척이나 밝다. 이 추위에도 따뜻하게 보여 평화롭기까지 하다.

천안역을 알리는 방송이 나온다. 앞서의 그 역무원이 금새 와 그 장애인 여성을 일으켜 출구 쪽으로 데리고 나간다. 기차가 멈추자 그녀가 내리고 바로 보호자로 보이는 사내가 나타나 인수받아 홈을 빠져나간다.

참으로 배려 깊은 조치에 시각장애인이 안전하게 기차를 타고 내리는 것을 보니 안심이 되는, 믿는 철도행정이라 여겨 마음이 흐뭇해진다.

送舊迎新(하면서) (Tue. Jan 1,'19)

한달쓸 서른날치 열두덩이 만든후에
햇살가루 고루무처 맛난빵을 내려주니
골고루 만백성에게 배푸시는 은혜로다

좌우로 방향돌려 서울가고 부산가듯
황혼녘에 日沒보며 지난한해 돌아보고
내일은 같은곳에서 日出보며 希望건다

거울에 비친모습 남에게는 같게뵐터
나만홀로 그모습을 바로보기 외면하나
아무리 그리해봤자 그모습은 사실인데

<여백의 글>

　　바다에 둘러싸여 만이 많은 우리 반도에는 지리적 여건상 같은 장소에
서 일몰과 일출을 즐길 수 있는 곳이 많다. 마치 기차를 탈 때 platform에
서 이동하지 않아도 그 자리에서 좌우로 방향만 바꾸면 정반대 방향인 서
울 가고 부산 가듯이 말이다. 그래서 일몰시에는 한 해를 되돌아보고 일출
시에는 장엄한 새해의 첫 해를 맞이하며 희망의 기도를 올리기 위해 그런
명소 찾아 떠나는 여행객들로 연말연시에는 고속도로가 몸살을 앓는다.

거지의 날에 (Fri. Jan 18,'19)

매週에 찾아오는 거지날을 맞기위해
沐浴齊戒 정신으로 몸과맘을 가다듬고
겉옷은 덕석이지만 비단옷은 속옷이다

往年의 부인들이 老年됩네 찾아와서
복지관의 人波중에 태반넘어 자리한다
하면서 당당하거늘 거지라고 氣죽을까

있다고 있다하며 살았다고 살았달까
內扶內助 全無하니 獨立하여 살 수밖에
차라리 훌훌버리고 乞人으로 지낸다면

어짜피 이럴바엔 내친김에 거지되어
방방곡곡 巡禮地를 돌아보며 살고싶다
그러다 名地만나면 몸눕히고 쉬면될리

<여백의 글>

오늘은 금요일 '거지의 날'이다.

내가 정해 놓은, 나에게만 통용되는 생뚱맞게 붙인 명칭이다.

새해가 오면 예나 지금이나 계획을 짜고 각오를 새롭게 하는 게 일반적이다. 개인이나 사업가는 말할 것도 없고 국가도 그렇게 하는 것은 당연하다. 나의 금년 계획은 '빌어먹기'이다. 그것도 연중 내내 아주 잘 빌어먹는 일이다. 매일을 그렇게 하기는 어려우니 週에 한 번씩 금요일에만 하는 거다.

어디를 가서 빌어먹을지는 찾아 갈 장소가 좋아야 하고, 가고 오는 버스 시간대가 맞아야 하는데 운 좋게도 이 두 조건이 딱 맞으니, 실천만 하면 된다. 郡의 배려로 버스도 무료이니, 버스 타는 것으로부터 거지의 삶이 시작되는 셈이다. 도중에 버스 승객들의 이런저런 정담을 무료 청취하는 것이 즐겁기도 하다.

말이 승객이지, 다 우리 면민들인데 거개가 나이 많은 할머니들이요, 그들의 구수하고 투박한 일상생활 어투가 그렇게 정다울 수 없다.

싫증날 만큼 듣기가 끝나갈 때쯤이면 어느덧 목적지에 닿는데, 그곳이 내가 오늘 찾아가는 좋은 장소 부잣집인 이름도 복스러운 '복지관'이다.

군에서 운영하는 복지관은 금요일에 만큼은 무료이며 찾아 온 손님(?)이 식판 들고 밥 타러 가는 것은 금지다. 자리에 앉아 있으면 봉사자들이 식탁 앞에 공손히 놓아주기 때문이다.

식사가 끝나면 봉사자들이 얼른 식판을 치워준다. 손님은 앉아 먹고는 일어서면 끝이다.

전혀 미안해 할 일이 아닌 것이, 오늘 하루만은 그렇게 하는 것이 복지관 운영의 룰(rule)이다.

그야말로 손님이 왕인 것을 여기에서 실감하는데 나에게 적용해 말하면 '거지가 왕'인 셈이다.

그 재미로 특별대우를 누리고자 잡은 날이 오늘이다.

시간은 열두시가 10분을 넘지 않았으니 한창 점심이 무르익을 때다.

복지관 현관을 열고 들어서면서 목격한 상황에 나는 깜짝 놀랐다.

승강기 문이 열리기가 무섭게 밀치고 나오는 사람들과 그 옆 계단으로 내려오는 사람들이 한데 얼려 1층 로비로 나오는 장면은, 틀림없는 지진을 피해 황급히 대피하는 인파요, 대형 고층 건물에 화재가 나 불길을 잡기위해 뿌리는 소방관의 물이 모이고 모여 아래 층계로 내려 쏟아져 폭포수를 이룬 물길에 밀려 넘어지고 죽는 장면을 연상케 하는 영화 속 그 모습을 보는 듯 하여 섬뜩했다.

2층의 배식하는 곳에 닿기도 전인데 한 줄로 늘어선 사람들이 문밖 복도까지 뻗어있다.

세상에 이럴 수가! 배식소 입구에서는 봉사자들이 정리하며 자리를 앉혀주느라 눈코 뜰 새가 없다. 덕분에 금세 다 자리에 앉게 되었다.

보아하니 지금 앉은 사람들은 2진 인 것 같다.

자리를 잡고 보니 여유가 생긴다. 고개를 돌리며 좌석 수를 보니 250석이요. 1·2진의 수를 계량해 보면 오백육십 명에, 봉사자들까지 합치면 600명은 실이 되는 숫자인데, 이는 5만여 영동인구의 8명당 한 명이 하루 점심을 복지관에서 해결하는 셈이다. 실정이 이러하니 이 또한 놀라운 일이 아닌가!

도대체가 복지가 좋아서인가, 끼니 해먹기가 귀찮아서인가, 아니면 한 짝이 떨어져 나가서 그런. 이도저도 아니면 불경기의 한파 때문인가, 또는 공짜 좋아하는 이기심 때문인가는 모르겠지만 분명 이 중 어느 한 경우에 해당되어 온 사람들임에는 분명할 일이다.

내가 호형호제하며 만나는 이교수에게서 전화가 왔다. 아침마다 우리 사이는 그렇게 전화로 오가는 것이 생활의 일부가 된지 오래다.

"오늘은 뭐 하실라요?"

"밥 빌어먹는 날이니, 빌어먹으러 가야죠!"

처음 듣는 이 말에 이해가 안됐나 보다.

그래 설명을 부연한다.

"신년 들어 한 계획 중의 하나가 복지관에서 주는 공밥을 먹으러 가는 건데 오늘 금요일이 그 날입니다. 그러니 오늘 빌어먹으러 가야죠. 같이 거지가 되어 봅시다."

그러면서 매주 금요일을 '거지의 날'로 부르자 했다. 웃자고 한 명칭에 설명을 붙였지만, 이왕지사 '베거스 데이(BeggersDay)'라 하면 좀 품위가 있어 보인다 했더니 이교수가 흔쾌히 동조하며 재밌다 한다.

사실 한국전쟁이 끝나고 50년대 말에는 시골 동네마다 빌어먹는 거지가 하루에 한 명은 찾아왔고 동네 앞 신작로를 걸어가는 거지가 두세 명씩은 눈에 띄었다.

그런데도 그 시절에는 인심이 좋았고 거지들 인성도 순박해서였는지, 굶어 죽는 사건도 없었을 뿐만 아니라 불미스런 흉악범 사건도 없었다.

다만 문둥병에 걸린 나환자들이 두세 명씩 무리지어 다니곤 했는데 이들은 사람의 간을 빼먹어야 낫는다고 하며 아이들을 잡아먹는다는 무서운 소문이 돌았다. 그래서 밖에 놀다가 그들이 동네를 가로질러가는 것을 보면 기겁을 하며 집으로 들어오곤 했던 기억이 새삼스럽다.

내가 굳이 빌어먹는 날이니, 거지의 날이라 표현한 것은 당대의 소박한 사회가 그립고, 불편해도 그때로 돌아가고 싶은 마음이 있어서가 그 하나요, 두 번째는 도시에 살적의 다듬은 말투보다 투박한 농촌의 말투와 정경이 그리워서 그런 것 같다.

그렇거니 저렇게 쓰나미 같은 현상이 오늘 금요일처럼 반복된다면야 어찌 연중 계획이라 한들 실천할 수 있다고 장담하랴, 작심삼일이 되지 않을까 고민스럽다.

김귀자 (마리아) 님의 童詩를 읽고… (Thu. Feb 7,'19)

읽는 내내 제가 행복감에 젖고, 감탄했고. 놀랐고 끄덕였고 빙그레 웃었습니다. 끝까지 읽고, 評까지 읽고…. 동시가 이렇게 요술을 부리고 妙味가 있는 줄을 처음 겪었습니다.

대수롭지 않은 소재에다 작가의 想像을 넣어 귀하고 귀한 예술성의 작품으로 탄생시킨 점에 그저 감탄일 뿐입니다. 필시 그러한 분위기에 접하고 취할 수 있는 작가의 일상생활에서 나왔을지니 그저 부럽기만 합니다.

각설하고

○ 옆에만 있어줘

눌(누구) 보고 "옆에만 있어줘"하는 줄 알았던 선입견이 어이없게도 '0'을 대상자로 삼아 십 배, 삼십 배, 백배로 커진다는 "씨 뿌리는 비유"를 생각하게 하는 그 발상의 상상을 초월함에 그저 놀랍습니다. 웃자고 하는 소리; "자매님은 예수님 보다 더 영리(?) 하다."라는, 그런 의미에서.

○ 친해지려면

새 구두와 발 부르틈의 관계에서 어렸을 적의 명절을 연상시켜 주네요. 어머니가 명절 장날에 사주신 신발을 신고 자연스럽게 발이 편하게 되기까지에는 필히 발 부르틈을 겪었지요. 부르튼 뒤꿈치가 눈에 선합니다.

○ 괜찮아

단추 구멍을 가지고 못생긴 눈, 볼품없는 하마의 입으로 비유하면서 "괜찮아, 괜찮아, 고마워, 사랑해" 등으로 세상을 바라보고 사랑으로 이해하고 포용하는 術!

○ 하회탈

언어 표현의 묘미를 보았습니다.

"탈"을 중복해 표현함으로써 이래도 좋고, 저래도 좋다 라며 아우르는, 그러면서 "아무튼 탈이야 탈"이라는 의도적 빗댄 표현이 最高 멋짐!

○ 물안개

늦가을 강가에서는 김이 모락모락 오른다.

그것을 밥 짓는 것으로 연결시키고 이 때다 싶게 자연스럽게 강가 언덕에 둘러선 나무들은 밥 먹으러 오는 식구며 자식들로 비유된 발상이 어쩌면 이리도 찰떡궁합인지!

○ 두레밥상

골짜기 물에 더위를 식히기 위해 발을 담갔더니 잔챙이들이 몰려온다. 처음엔 조심조심 한 두 마리가… 급기야는 주위에 떼들이 다 달려들어 발가락 사이를, 뒤꿈치를…꼬물꼬물 쪼아(?)댄다.

그 시원함은 밥을 먹으며 둘레 상에서 희희대며 화목한 모습을 보는 그때의 행복이다.

오늘날에는 상상으로만 맛볼 수 있는 옛날 대가족 제도에서의 밥상머리 행복을 예서 본다.

○ 몰라도 돼

"검은 돈, 돈 세탁"이라는 뜻의 표현인 어른세계의 부끄러움을, 천진난만한 내(우리) 아이에게 구태여 앞서 알려줌으로써 세속을 앞당겨 줄 필요가 있겠느냐는 부모(아빠, 엄마)들의 공통된 마음을 표현. "부끄러운 어른 속에 나도 그 성원이니, 부끄러울 밖에"를 자성케 하는 작품이네요.

어른들의 나쁜 마음을 자녀(식)들이 혹여 훔쳐라도 볼까봐 "넌, 몰라도 돼." 하면서 얼른 걷어치우는 모습을 상상합니다.

○ 모기장

닭이나 새가 새장 안에 있어야 하듯 모기에게도 모기장 안에 있어야 한다고 주장하며 앙탈 부리고 떼쓰는 모습; "내 집 내놔!" 참으로 재미있는 착상입니다. (그러나, 그러면 그럴수록 제 명이 위태하고 위태한 줄을 모르니, 너와 내가 같구나…)

○ 젓가락

맛이 없던, 뜨거운 반찬이던 간에 젓가락의 변함없는 임무수행을 서로 짝이 되어 잘 해내듯이, 어려움에서건 기쁜 일에서건 불문하고 우정을 함께 나누는 친구로 표현함이 참으로 놀랍다 하겠습니다.

참으로 작은 지나치기 쉬운 소재 속에 큰 詩想을 넣어 낳은 大作으로 승화시킨 발상과 그에 맞게 표현함에서 재미, 재치, 윤리, 사랑이 깃들어 있는 이슬방울 같은 맑디맑은 청량한 時를 한 모금 듬뿍 마시어 행복했습니다.

있는 그대로가 다 보석이거늘 감히 몇 개를 꺼내어 당치도 않게 이러쿵저러쿵…. 했으니 괜히 부끄럼을 사서 가졌네요. 감사합니다.

主님 안에서 계속 이런 작품 많이 나오길 빌어드립니다.

2019.2.7.

우명환 Augustino

이제와 어찌하겠나 (Thu. Feb 14,'19)

아픈건 세월따라 친구이듯 함께있고
內子와는 아웅다웅 살아가기 익숙하니
이제와 어찌하겠나 그러려니 별수없지

火木 보일러 (Mon. Feb 25,'19)

어쩌다 그廣告에 내마음이 걸렸는지
이러지도 저러지도 할수없이 設置하나
火木을 어떻게댈지 한두해가 아니런만

氣力이 떨어졌나 農繁期도 아니런만
한겨울에 대상포진 연탄난로 때문인가
名分이 생겼났으니 火木난로 설치한다

뒷산에 들어가서 삭정이를 주워오고
枯死木은 잘라내어 등에메고 내려온다
이역시 힘은들어도 숲속에서 행복하다

흰연기 煙筒으로 미어져라 터져나고
곧게곧게 위로위로 하늘위로 퍼져나네
안온한 흰연기속에 내마음이 平和롭다

<여백의 글>

요즘 농촌에서 볼 수 있는 눈에 띄는 두 개의 광고가 있다. "무료 태양광" 설치와 "화목 보일러"이다.

이 두 광고는 천에 박힌 글자 광고인데 끈으로 네 모서리를 얼마나 튼실하게 잡아매었는지 수년이 지났어도 전주에 끄떡없이 묶여있다.

내가 사는 이곳은 산에 참나무가 많다. 이들 참나무는 표고 목으로 쓰이기 때문에, 자연 표고버섯 재배가 성하다.

설이 지나기가 무섭게 표고 종균을 넣는 작업이 동네마다 바쁘다. 해마다 참나무를 베어내고 버섯을 키우는 작업이 반복되니 저러다간 산이 나무 없는 민둥산으로 될까봐 걱정이다.

그러나 주민들은 괜찮단다. 베어 낸 밑 둥에서 가지가 두 개씩 돋아나 자라므로 벌목을 한곳에 굳이 식목을 하지 않아도, 30년이 되면 가지가 원목처럼 다시 자라서 또 벌목을 하게 되니 자꾸 베어내야 한단다.

우리 郡과 경계를 하고 있는 이웃 무주에 덕유산은 국립공원이어서 일체의 벌목이 금지돼 있다고 한다. 나무 하나라도 베어내거나 잘라 버리면 벌금이 부과되기 때문에 산에 나무가 무성해지는데 비해 이곳 민주지산을 포함한 주변 산들은 계속 벌채가 이어져 마치 기계충 걸린 머리 같아 보기에도 안 좋다.

그러는 판에 화목 보일러 광고는 불난데 기름을 붓는 격으로, 벌채를 부채질하는 역할을 하는 것 같아 그 광고를 볼 때마다 "눈에 가시"요, 주는 것 없이 밉게 보여 진다.

내가 농촌으로 들어와 살기 시작한 90년대 말에는 난방을 심야 전기로 해결했다. 심야 전기 난방을 장려하던 때였다. 첫 해에는 한겨울에도 내 흙집은 아파트 이상으로 따뜻하고 전기 값이 싸서 좋았는데 공교롭게도 설치 후 3년차부터는 사용료가 누적이 될수록 심하게 오르는데 마침내 월 60만 원선까지 이르렀다. 그래 누적 량을 줄여 보려고 태양광을 설치했으나 많이 사용되는 겨울철 전기 생산량은 일조량이 적어 저조한데다

난로까지 사용하니 전기 사용량은 늘어나지, 그럴수록 요금은 누적 계산되니 생각만큼의 도움이 되지 않았다. 해서 아예 심야 보일러를 중단하고 연탄보일러를 설치했다. 그러고는 세상을 거꾸로 거슬러 사는 여유를 찾는 것 같아, 그것도 행복이려니 했다. 탄재는 밭에 뿌리면 소독이 된 재라서 인지, 듣던 대로 고추를 심고 채소를 심어도 병충이 없이 튼실했다. 또한 낮은 밭가에 재를 성토삼아 버리니 이 또한 경제적이요, 좋은 점이 한두 가지가 아니었다. 그런데 문제인 정부 들어 연탄 값이 한 해에 두 차례가 오르는가 하면 탄의 질은 나빠지어 심술이 이는지 짜증이 나기 시작했다.

탄광에서 날라 불을 갈고 나온 탄재를 밭에다 버려 부숴놔야 하니 추운 날에 눈은 오지 거기다 미끄럽기까지 하니, 그렇다고 하루 이틀 핑계대며 치우지 않고 미적대면 쌓이는 양에 눌리고 말일이다. 하다 보니 힘이 들었는지 대상포진이 돋아난다. 농한기인 이 겨울에 웬 대상포진! 바로 이놈의 연탄과로 때문이라 판단되자 그러지 않아도 전기 요금과 큰 차이 없이 3년을 버텨 왔던 터에, 차제에 난로를 갈아 치운 것이 이 화목 보일러이다.

세상에 내가 밉도록 외면해 오던 광고였는데, 어쩌다가 내 집에 설치까지 하게 되었는지. 산림 파괴의 주범이라고 그렇게 미워했던 그 화목 보일러를 …. 어쩌겠나, 현실이 이러한데

사실 20년 농촌 생활을 하면서 나에게는 난방문제가 제일 심각한 현실이었다, 덕분에 세상에 나와 있는 난방의 모든 방법을 섭렵했다 하면 지나친 과장이라 할까?

연탄을 땔 때에는 불을 갈고 재를 치우는 과거로의 회귀생활에 정이 있어 행복으로 여겨졌다면, 이제는 화목 보일러의 연통을 통해 뿜어 나오는 흰 연기가 무욕한 평화를 상징하는 것 같아 참으로 마음의 평정을 주는 행복이라 한참을 바라보며 서 있다.

보일러를 설치한 다음날 나는 당장 돌아오는 겨울을 위해 참나무 두

차를 들여놨다. 그래서 이것을 톱으로 자르고 도끼로 쪼개, 쌓아놔야 가을이 오기 전에 말라 때기에 딱 좋기 때문이다. 그 일이 끝나자 바쁜 봄인데도 틈만 나면 산으로 간다. 의외로 산에는 고사목들이, 특히 소나무가 죽어 비스듬히 누워 있어 보기에 안타깝다.

그 이외에도 삭정이가 지천이다. 이제 이들이 산에서 썩도록 방치할게 아니라 보일러의 유용한 화목으로 쓸 일이다. 요즘 때는 나무는 그런 것을 주어오는 것으로 해결하면 십상일 것 같다.

불원간 엔진 톱을 준비하여 고사목을 벨 일이다.

三一節에 (Sat. Mar 2,'19)

서울과 영동간에 꺽어지는 중간점은
시간에서 요금까지 半만으로 해결되니
天安이 利롭지않나 쌍방에게 公平하니

동서네 여섯명이 오랜만에 만나고자
삼일운동 萬歲擧事 그날짜로 잡았으니
의미를 부여하자며 天安에서 모이잔다

열두시 正午되니 合水되듯 모이는데
쌍방에서 열時半차 무궁화로 출발했네
驛階段 밟고서면서 大韓獨立 만세한다

先唱을 큰동서가 양팔들어 三唱하니
둘째셋째 동서내외 만세만세 後唱한다
가슴이 후련해진다 廣場앞이 시원하다

광장앞 전통시장 으스대며 거닐다가
병점순대 간판앞서 아우내를 예서본다
옳거니 아내장터가 여기려니 멈춰든다

막걸리 나온후에 순대안주 뒤따르자
咆哮하는 豪氣속에 태극물결 어른댄다
내년에 삼일절에도 천안역을 예약한다

내집서 헤어지듯 情나누고 일어서니
오늘모임 의미있어 만족하고 흐뭇하다
기차가 진입해오네 손흔들며 헤어진다

우린 역시 同窓이야 (Wed. Mar 27,'19)

세상에 이런모임 동창모임 또있을까
卒業한지 甲子지나 母胎地서 만났건만
이름은 가물거리고 얼굴또한 생판이다.

처음엔 어색하고 순간處身 야릇하다
여명속에 드러나듯 얼굴이름 떠오른다
드디어 알아본 實體 우린역시 同窓이야

*오날도 조흔날이오 이곳도 조흔곳이
조흔날 조흔곳에 조흔사람 만나이서
조흔술 조흔안주에 조히놀미 조해라

다음에 또 만나자 그 約束은 하지마세
세월속에 그 약속이 묻혀갈까 두렵나니
오늘은 암소리말고 그냥돌아 돌아가세

*『청구영언』에 수록된 작자 미상의 작품을 인용 삽입함은 오늘의 분위기에 딱 맞
아서임.
조흔술은 홍성일 친구가 갖고 온 서천산 소곡주에 '조흔 안주'란 고향 맛을 보게 하
는 우여회이니.

<여백의 글>

우리 대전지부 팀이 목적지인 구두렛 나루에 도착했으니 서울지부 팀도 곧 부여 초입에 당도할 성 싶다. 모태지인 부여지부 팀을 포함, 세 개 구역에서 합류해 모이는 동창회다.

시간이 되니 한 두 사람(?) (-몰라보니까-)이 나타나는데 도대체가 우리 동창들이 아니다.

분명 동창이니 왔으련만 전혀 낯이 설다.

통성명(?)을 하고 나서도 고개가 갸우뚱 해지는가 하면 어떤 친구에게는 "아-!그래, 네가 ㅇㅇ인가? 참말로 몰라보겠네.…" 반응과 함께 순간 맘 속 표정이 야릇함을 느끼기도 한다.

학교 졸업 후 60년이 흘러서야 만나니 그럴밖에.

이 모임을 주선한 서울지부 팀인 회장단들이 참으로 큰일을 했다.

생각해 보니 졸업반 3개 반의 130 여 명 중 80이 다 된 노인이 되어 40여 명이 나왔으니 많이 참석한 셈이다.

이번이 처음이자 마지막 모임이 될 것임은 확실하니, 다음에 또 모이자는 말은 하지 말고 그냥 돌아가자.

終詩

육신이 쇄락하니 볼품없고 초라하여
무얼입고 걸치어도 모양새는 안나지만
산수를 맞이했어도 五年주기 꿈은있다

　어쩌면 세 번남은 출판기획 걱정함은
　정신육신 맥없으면 詩想또한 별루려니
　양질의 품격갖춰진 작품얻기 힘듦이라

　전처럼 이번에도 부끄럽고 후회됨은
　둔재에다 천박하고 허욕까지 부려서니
　이제는 모두다접고 산천경계 벗하리라

전국을 주유하다 맘에맞는 친구얻어
함께트며 지낸다면 분에넘는 복이지만
나에게 행운이올까 헛된과욕이 꿈틀댄다

저자 소개

柏松 우명환 詩調詩人

1940 부여출생
1964 서강대학교 영문과 졸업
1975 연세대학교 교육대학원 졸업
1998 서울중등교직 퇴임

1999 월간「문학세계」초대작가(시조부문)
2000 同誌에 수필부분 등단
2005「농민문학」우수작가상 수상
2010 허난설헌 문화예술상(시조본상) 수상
2014 한국문인협회 시조분과로 전과
2014 연암문학예술상 수필부분(본상) 수상

출간작품명
『山. 골, 물이 좋아서』(1998)
『숲 속 향이 좋은 곳』(2004)
『감나무 키 훌쩍 크니』(2009)
『柏松이라 한 뜻은』(2014)

번역물
란치아노의 기적(The Miracle of Lanciano, Italy)'16
사순절과 부활(Lent and Easter)'18

삼사구사에 담긴 소망

초판 1쇄 인쇄일	2019년 9월 30일
초판 1쇄 발행일	2019년 10월 05일
지은이	우명환
펴낸이	정진이
편집장	김효은
편집/디자인	우정민 우민지
마케팅	정찬용 정구형
영업관리	한선희 최재희
책임편집	우민지
인쇄처	국학인쇄사
펴낸곳	국학자료원 새미(주)
	등록일 2005 03 15 제 406-3240000251002005000008 호
	경기도 파주시 소라지로 228-2 (송촌동 579-4)
	Tel 442-4623 Fax 6499-3082
	www.kookhak.co.kr
	kookhak2001@hanmail.net
ISBN	979-11-89817-95-4 *03810
가격	24,000원

* 저자와의 협의하에 인지는 생략합니다.
  잘못된 책은 구입하신 곳에서 교환하여 드립니다.
  국학자료원·새미·북치는마을·LIE는 국학자료원 새미(주)의 브랜드입니다.
* 이 도서의 국립중앙도서관 출판예정도서목록(CIP)은 서지정보유통지원시스템 홈페이지(http,//seoji.nl.go.kr)와 국가자료공동목록시스
  템(http,//www.nl.go.kr/kolisnet)에서 이용하실 수 있습니다.(CIP제어번호 : CIP2019038356)